HÉSIODE ÉDITIONS

DENIS DIDEROT

L'Oiseau blanc

Hésiode éditions

© Hésiode éditions.

1 rue Honoré - 93500 Pantin.
ISBN 978-2-38512-130-3
Dépôt légal : Décembre 2022

Impression Books on Demand GmbH

In de Tarpen 42
22848 Norderstedt, Allemagne

L'Oiseau blanc

PREMIÈRE SOIRÉE.

La favorite se couchait de bonne heure, et s'endormait fort tard. Pour hâter le moment de son sommeil, on lui chatouillait la plante des pieds, et on lui faisait des contes ; et pour ménager l'imagination et la poitrine des conteurs, cette fonction était partagée entre quatre personnes, deux émirs et deux femmes. Ces quatre improvisateurs poursuivaient successivement le même récit aux ordres de la favorite. Sa tête était mollement posée sur son oreiller, ses membres étendus dans son lit, et ses pieds confiés à sa chatouilleuse, lorsqu'elle dit : « Commencez ; » et ce fut la première de ses femmes qui débuta par ce qui suit.

la première femme.
Ah ! ma sœur, le bel oiseau ! Quoi ! vous ne le voyez pas entre les deux branches de ce palmier, passer son bec entre ses plumes, et parer ses ailes et sa queue ? Approchons doucement ; peut-être qu'en l'appelant il viendra ; car il a l'air apprivoisé. « Oiseau mon cœur, oiseau mon petit roi, venez, ne craignez rien ; vous êtes trop beau pour qu'on vous fasse du mal. Venez ; une cage charmante vous attend ; ou si vous préférez la liberté, vous serez libre. »

L'oiseau était trop galant pour se refuser aux agaceries de deux jeunes et jolies personnes. Il prit son vol, et descendit légèrement sur le sein de celle qui l'avait appelé. Agariste, c'était son nom, lui passant sur la tête une main qu'elle laissait glisser le long de ses ailes, disait à sa compagne : « Ah ! ma sœur, qu'il est charmant ! Que son plumage est doux ! qu'il est lisse et poli ! Mais il a le bec et les pattes couleur de rosé, et les yeux d'un noir admirable ! »

la sultane.
Quelles étaient ces deux femmes ?

la première femme.
Deux de ces vierges que les Chinois renferment dans des cloîtres.

la sultane.
Je ne croyais pas qu'il y eût des couvents à la Chine.

la première femme.
Ni moi non plus. Ces vierges couraient un grand péril à cesser de l'être sans permission. S'il arrivait à quelqu'une de se conduire maladroitement, on la jetait pour le reste de sa vie dans une caverne obscure, où elle était abandonnée à des génies souterrains. Il n'y avait qu'un moyen d'échapper à ce supplice, c'était de contrefaire la folle ou de l'être. Alors les Chinois qui, comme nous et les Musulmans, ont un respect infini pour les fous, les exposaient à la vénération des peuples sur un lit en baldaquin, et, dans les grandes fêtes, les promenaient dans les rues au son de petites clochettes et de je ne sais quels tambourins à la mode, dont on m'a dit que le son était fort harmonieux.

la sultane.
Continuez ; fort bien, madame. Je me sens envie de bâiller.

la seconde femme.
Voilà donc l'oiseau blanc dans le temple de la grande guenon couleur de feu.

la sultane.
Et qu'est-ce que cette guenon ?

la seconde femme.
Une vieille pagode très encensée, la patronne de la maison. D'aussi loin que les vierges compagnes d'Agariste l'aperçurent avec son bel oiseau sur le poing, elles accourent, l'entourent, et lui font mille questions à la fois. Cependant l'oiseau s'élevant subitement dans les airs, se met à planer

sur elles ; son ombre les couvre, et elles en conçoivent des mouvements singuliers. Agariste et Mélisse éprouvent les premières les merveilleux effets de son influence. Un feu divin, une ardeur sacrée s'allument dans leur cœur ; je ne sais quels épanchements lumineux et subtils passent dans leur esprit, y fermentent, et de deux idiotes qu'elles étaient, en font les filles les plus spirituelles et les plus éveillées qu'il y eut à la Chine : elles combinent leurs idées, les comparent, se les communiquent, et y mettent insensiblement de la force et de la justesse.

la sultane.
En furent-elles plus heureuses ?

la seconde femme.
Je l'ignore. Un matin l'oiseau blanc se mit a chanter, mais d'une façon si mélodieuse, que toutes les vierges en tombèrent en extase. La supérieure, qui jusqu'à ce moment avait fait l'esprit fort et dédaigné l'oiseau, tourna les yeux, se renversa sur ses carreaux et s'écria d'une voix entrecoupée : « Ah ! je n'en puis plus !… je me meurs !… je n'en puis plus !… Oiseau charmant, oiseau divin, encore un petit air. »

la sultane.
Je vois cette scène ; et je crois que l'oiseau blanc avait grande envie de rire en voyant une centaine de filles sur le côté, l'esprit et l'ajustement en désordre, l'œil égaré, la respiration haute, et balbutiant d'une voix éteinte des oraisons affectueuses à leur grande guenon couleur de feu. Je voudrais bien savoir ce qu'il en arriva.

la seconde femme.
Ce qu'il en arriva ? Un prodige, un des plus étonnants prodiges dont il soit fait mention dans les annales du monde.

la sultane.
Premier émir, continuez.

le premier émir.
Il en naquit nombre de petits esprits, sans que la virginité de ces filles en souffrît.

la sultane.
Allons donc, émir, vous vous moquez. Je veux bien qu'on me fasse des contes ; mais je ne veux pas qu'on me les fasse aussi ridicules.

le premier émir.
Songez donc, madame, que c'étaient des esprits.

la sultane.
Vous avez raison ; je n'y pensais pas. Ah ! oui, des esprits !

La sultane prononça ces derniers mots en bâillant.

le premier émir.
On avertit la supérieure de ce prodige. Les prêtres furent assemblés ; on raisonna beaucoup sur la naissance des petits esprits : après de longues altercations sur le parti qu'il y avait à prendre, il fut décidé qu'on interrogerait la grande guenon. Aussitôt les tambourins et les clochettes annoncent au peuple la cérémonie. Les portes du temple sont ouvertes, les parfums allumés, les victimes offertes ; mais la cause du sacrifice ignorée. Il eût été difficile de persuader aux fidèles que l'oiseau était père des petits esprits.

la sultane.
Je vois, émir, que vous ne savez pas encore combien les peuples sont bêtes.

le premier émir.
Après une heure et demie de génuflexions, d'encensements et d'autres singeries, la grande guenon se gratta l'oreille, et se mit à débiter de la mauvaise prose qu'on prit pour de la poésie céleste :

Pour conserver l'odeur de pucelage
Dont ce lieu saint fut toujours parfumé,
Que loin d'ici le galant emplumé
Aille chanter et chercher une cage.
Vierges, contre ce coup armez-vous de courage ;
Vous resterez encor vierges, ou peu s'en faut :
Vos cœurs, aux doux accent de son tendre ramage,
Ne s'ouvriront pas davantage ;
Telle est la volonté d'en haut.
Et toi qu'il honora de son premier hommage,
Qui lui fis de mon temple un séjour enchanté,
Modère la douleur dont ton âme est émue ;
L'oiseau blanc a pour toi suffisamment chanté.
Agariste, il est temps qu'il cherche Vérité,
Qu'il échappe au pouvoir du mensonge ; et qu'il mue.

la sultane.
Mademoiselle, vous avez ce soir le toucher dur, et vous me chatouillez trop fort. Doucement, doucement… fort bien, comme cela… ah ! que vous me faites de plaisir ! Demain, sans différer, le brevet de la pension que je vous ai promise sera signé.

le premier émir.
On ne fut pas fort instruit par cet oracle : aussi donna-t-il lieu à une infinité de conjectures plus impertinentes les unes que les autres, comme c'est le privilège des oracles. « Qu'il cherche vérité, disait l'une ; c'est apparemment le nom de quelque colombe étrangère à laquelle il est destiné. – Qu'il échappe au mensonge, disait une autre, et qu'il mue. Qu'il mue ! ma sœur ; est-ce qu'il muera ? C'est pourtant dommage, il a les plumes si belles ! » aussi toutes reprenaient : « Ma sœur Agariste l'a tant fait chanter ! tant fait chanter ! »

Après qu'on eut achevé de brouiller l'oracle à force de l'éclaircir, la prêtresse ordonna, par provision, que l'oiseau libertin serait renfermé, de crainte qu'il ne perfectionnât ce qu'il avait si heureusement commencé, et qu'il ne multipliât son espèce à l'infini. Il y eut quelque opposition de la part des jeunes recluses ; mais les vieilles tinrent ferme, et l'oiseau fut relégué au fond d'un dortoir, où il passait les jours dans un ennui cruel. Pour les nuits, toujours quelque vierge compatissante venait sur la pointe du pied le consoler de son exil. Cependant elles lui parurent bientôt aussi longues que les journées. Toujours les mêmes visages ! toujours les mêmes vierges !

la sultane.
Votre oiseau blanc est trop difficile. Que lui fallait-il donc ?

le premier émir.
Avec tout l'esprit qu'il avait inspiré à ces recluses, ce n'étaient que des bégueules fort ennuyeuses : point d'airs, point de manège, point de vivacité prétendue, point d'étourderies concertées. Au lieu de cela, des soupirs, des langueurs, des fadeurs éternelles et d'un ton d'oraison à faire mal au cœur. Tout bien considéré, l'oiseau blanc conclut en lui-même qu'il était temps de suivre son destin, et de prendre son vol ; ce qu'il exécuta après avoir encore un peu délibéré. On dit qu'il lui revint quelques scrupules sur des serments qu'il avait faits à Agariste et à quelques autres. Je ne sais ce qui en est.

la sultane.
Ni moi non plus. Mais il est certain que les scrupules ne tiennent point contre le dégoût ; et que si les serments ne coûtent guère à faire aux infidèles, ils leur coûtent encore moins à rompre.

À la suite de cette réflexion, la sultane articula très-distinctement son troisième bâillement, le signe de son sommeil ou de son ennui, et l'ordre de se retirer ; ce qui s'exécuta avec le moins de bruit qu'il fut possible.

SECONDE SOIRÉE.

La sultane dit à sa chatouilleuse : Retenez bien ce mouvement-là, c'est le vrai. Mademoiselle, voilà le brevet de votre pension ; le sultan la doublera, à la condition qu'au, sortir de chez moi vous irez lui rendre le même service ; je ne m'y oppose point, mais point du tout… Voyez si cela vous convient… Second émir, à vous. Si je m'en souviens, voilà votre oiseau blanc traversant les airs, et s'éloignant d'autant plus vite, qu'il s'était flatté d'échapper à ses remords, en mettant un grand intervalle entre lui et les objets qui les causaient. Il était tard quand il partit ; où arriva-t-il ?

le second émir.
Chez l'empereur des Indes, qui prenait le frais dans ses jardins, et se promenait sur le soir avec ses femmes et ses eunuques. Il s'abattit sur le turban du monarque, ce que l'on prit à bon augure, et ce fut bien fait ; car quoique ce sultan n'eût point de gendre, il ne tarda pas à devenir grand'père. La princesse Lively, c'est ainsi que s'appelait la fille du grand Kinkinka, nom qu'on traduirait à peu près dans notre langue par gentillesse ou vivacité, s'écria qu'elle n'avait jamais rien vu de si beau. Et lui se disait en lui-même : « Quel teint ! quels yeux ! que sa taille est légère ! Les vierges de la guenon couleur de feu ne m'ont point offert de charmes à comparer a ceux-ci. »

la sultane.
Ils sont tous comme cela. Je serai la plus belle aux yeux de Mangogul jusqu'à ce qu'il me quitte.

le second émir.
Il n'y eut jamais de jambes aussi fines, ni de pieds aussi mignons.

la chatouilleuse.
Votre oiseau en exceptera, s'il lui plaît, ceux que je chatouille.

le second émir.
Lively portait des jupons courts ; et l'oiseau blanc pouvait aisément apercevoir les beautés dont il faisait l'éloge du haut du turban sur lequel il était perché.

la sultane.
Je gage qu'il eut à peine achevé ce monologue, qu'il abandonna le lieu d'où il faisait ses judicieuses observations, pour se placer sur le sein de la princesse.

le second émir.
Sultane, il est vrai.

la sultane.
Est-ce que vous ne pourriez pas éviter ces lieux communs ?

le second émir.
– Non, sultane ; c'est le moyen le plus sûr de vous endormir.

la sultane.
Vous avez raison.

le second émir.
Cette familiarité de l'oiseau déplut à un eunuque noir, qui s'avisa de dire qu'il fallait couper le cou à l'oiseau, et l'apprêter pour le dîner de la princesse.

la sultane.
Elle eût fait un mauvais repas : après sa fatigue chez les vierges et sur la route, il devait être maigre.

le second émir.
Lively tira sa mule, et en donna un coup sur le nez de l'eunuque, qui en

demeura aplati.

la sultane.
Et voilà l'origine des nez plats ; ils descendent de la mule de Lively et de son sot eunuque.

le second émir.
Lively se fit apporter un panier, y renferma l'oiseau, et l'envoya coucher. Il en avait besoin, car il se mourait de lassitude et d'amour. Il dormit, mais d'un sommeil troublé : il rêva qu'on lui tordait le cou, qu'on le plumait, et il en poussa des cris qui réveillèrent Lively ; car le panier était placé sur sa table de nuit, et elle avait le sommeil léger. Elle sonna ; ses femmes arrivèrent ; on tira l'oiseau de son dortoir. La princesse jugea, au trémoussement de ses ailes, qu'il avait eu de la frayeur. Elle le prit sur son sein, le baisa, et se mit en devoir de le rassurer par les caresses les plus tendres et les plus jolis noms. L'oiseau se tint sur la poitrine de la princesse, malgré l'envie qui le pressait.

la sultane.
Il avait déjà le caractère des vrais amants.

le second émir.
Il était timide et embarrassé de sa personne : il se contenta d'étendre ses ailes, d'en couvrir et presser une fort jolie gorge.

la sultane.
Quoi ! il ne hasarda pas d'approcher son bec des lèvres de Lively ?

le second émir.
Cette témérité lui réussit. – « Mais comment donc ! s'écria la princesse ; il est entreprenant !... » Cependant l'oiseau usait du privilège de son espèce, et la pigeonnait avec ardeur, au grand étonnement de ses femmes qui s'en tenaient les côtés. Cette image de la volupté fit soupi-

rer Lively : l'héritier de l'empire du Japon devait être incessamment son époux ; Kinkinka en avait parlé ; on attendait de jour en jour les ambassadeurs qui devaient en faire la demande, et qui ne venaient point. On apprit enfin que le prince Génistan, ce qui signifie dans la langue du pays le prince Esprit, avait disparu sans qu'on sût ni pourquoi ni comment ; et la triste Lively en fut réduite à verser quelques larmes, et à souhaiter qu'il se retrouvât.

Tandis qu'elle se consolait avec l'oiseau blanc, faute de mieux, l'empereur du Japon, à qui l'éclipse de son fils avait tourné la tête, faisait arracher la moustache à son gouverneur, et ordonnait des perquisitions ; mais il était arrêté que de longtemps Génistan ne reparaîtrait au Japon : s'il employait bien son temps dans les lieux de sa retraite, l'oiseau blanc ne perdait pas le sien auprès de la princesse ; il obtenait tous les jours de nouvelles caresses : on pressait le moment de l'entendre chanter, car on avait conçu la plus haute opinion de son ramage ; l'oiseau s'en aperçut, et la princesse fut satisfaite. Aux premiers accents de l'oiseau...

la sultane.
Arrêtez, émir... Lively se renversa sur une pile de carreaux, exposant à ses regards des charmes qu'il ne parcourut point sans partager son égarement. Il n'en revint que pour chanter une seconde fois, et augmenter l'évanouissement de la princesse, qui durerait encore si l'oiseau ne s'était avisé de battre des ailes et de lui faire de l'air. Lively se trouva si bien de son ramage, que sa première pensée fut de le prier de chanter souvent : ce qu'elle obtint sans peine ; elle ne fut même que trop bien obéie : l'oiseau chanta tant pour elle, qu'il s'enroua ; et c'est de là que vient aux pigeons leur voix enrhumée et rauque. Émir, n'est-ce pas cela ?... Et vous, madame, continuez.

la première femme.
Ce fut un malheur pour l'oiseau, car quand on a de la voix on est fâché de la perdre ; mais il était menacé d'un malheur plus grand : la princesse,

un matin à son réveil, trouva un petit esprit à ses côtés ; elle appela ses femmes, les interrogea sur le nouveau-né : Qui est-il ? d'où vient-il ? qui l'a placé là ? Toutes protestèrent qu'elles n'en savaient rien : dans ces entrefaites arriva Kinkinka : à son aspect les femmes de la princesse disparurent ; et l'empereur, demeuré seul avec sa fille, lui demanda, d'un ton à la faire trembler, qui était le mortel assez osé pour être parvenu jusqu'à elle ; et, sans attendre sa réponse, il court à la fenêtre, l'ouvre, et saisissant le petit esprit par l'aile, il allait le précipiter dans un canal qui baignait les murs de son palais, lorsqu'un tourbillon de lumière se répandit dans l'appartement, éblouit les yeux du monarque, et le petit esprit s'échappa. Kinkinka, revenu de sa surprise, mais non de sa fureur, courait dans son palais en criant comme un fou qu'il en aurait raison ; que sa fille ne serait pas impunément déshonorée ; pardieu ! qu'il en aurait raison… L'oiseau blanc savait mieux que personne si l'empereur avait tort ou raison d'être fâché ; mais il n'osa parler, dans la crainte d'attirer quelque chagrin à la princesse ; il se contenta de se livrer à une frayeur qui lui fit tomber les longues plumes des ailes et de la queue ; ce qui lui donna un air ébouriffé.

la sultane.
Et Lively cessa de se soucier de lui, lorsqu'il eut cessé d'être beau ; et comme il avait perdu à son service une partie de son ramage, elle dit un jour à sa toilette : « Qu'on m'ôte cet oiseau-là ; il est devenu laid à faire horreur, il chante faux ; il n'est plus bon à rien… » À vous, madame seconde, continuez.

la seconde femme.
Cet arrêt se répandit bientôt dans le palais : l'eunuque crut qu'il était temps de profiter de la disgrâce de l'oiseau, et de venger celle de son nez ; il démontra à la princesse, par toutes les règles de là nouvelle cuisine, que l'oiseau blanc serait un manger délicieux ; et Lively, après s'être un peu défendue pour la forme, consentit qu'on le mît à la basilique. L'oiseau blanc outré, comme on le pense bien, pour peu qu'on se mette à sa place, s'élança au visage de la princesse, lui détacha quelques

coups de bec sur la tête, renversa les flacons, cassa les pots, et partit.

la sultane.
Lively et son cuisinier en furent dans un dépit inconcevable. « L'insolent ! » disait l'une ; l'autre : « Ç'aurait été un mets admirable ! »

la seconde femme.
Tandis que le cuisinier rengainait son couteau qu'il avait inutilement aiguisé, et que les femmes de la princesse s'occupaient à lui frotter la tête avec de l'eau des brames, l'oiseau gagnait les champs, peu satisfait de sa vengeance, et ne se consolant de l'ingratitude de Lively que par l'espérance de lui plaire un jour sous sa forme naturelle, et de ne la point aimer. Voici donc les raisonnements qu'il faisait dans sa tête d'oiseau : « J'ai de l'esprit. Quand je cesserai d'être oiseau, je serai fait à peindre. Il y a cent à parier contre un qu'elle sera folle de moi ; c'est où je l'attends ; chacun aura son tour. L'ingrate ! la perfide ! j'ai tremblé pour elle jusqu'à en perdre les plumes ; j'ai chanté pour elle jusqu'à en perdre la voix : et par ses ordres, un cuisinier s'emparait de moi, on me tordait le cou, et je serais maintenant à la basilique ! Quelle récompense ! Et je la trouverais encore charmante ? Non, non, cette noirceur efface à mes yeux tous ses charmes. Qu'elle est laide ! que je la hais ! »

Ici la sultane se mit à rire en bâillant pour la première fois.

la seconde femme.
On voit par ce monologue que, quoique l'oiseau blanc fût amoureux de la princesse, il ne voulait point du tout être mis à la basilique pour elle, et qu'il eût tout sacrifié pour celle qu'il aimait, excepté la vie.

la sultane.
Et qu'il avait la sincérité d'en convenir. À vous, premier émir.

le premier émir.

L'oiseau blanc allait sans cesse. Son dessein était de gagner le pays de la fée Vérité. Mais qui lui montrera la route ? qui lui servira de guide ? On y arrive par une infinité de chemins ; mais tous sont difficiles à tenir ; et ceux même qui en ont fait plusieurs fois le voyage, n'en connaissent parfaitement aucun. Il lui fallait donc attendre du hasard des éclaircissements, et il n'aurait pas été en cela plus malheureux que le reste des voyageurs, si son désenchantement n'eût pas dépendu de la rencontre de la fée ; rencontre difficile, qu'on doit plus communément à une sorte d'instinct dont peu d'êtres sont doués, qu'aux plus profondes méditations.

la sultane.
Et puis, ne m'avez-vous pas dit qu'il était prince ?

le premier émir.
Non, madame ; nous ne savons encore ce qu'il est, ni ce qu'il sera : ce n'est encore qu'un oiseau. L'oiseau suivit son instinct. Les ténèbres ne l'effrayèrent point ; il vola pendant la nuit ; et le crépuscule commençait à poindre, lorsqu'il se trouva sur la cabane d'un berger qui conduisait aux champs son troupeau, en jouant sur son chalumeau des airs simples et champêtres, qu'il n'interrompait que pour tenir à une jeune paysanne, qui l'accompagnait en filant son lin, quelques propos tendres et naïfs, où la nature et la passion se montraient toutes nues.

« Zirphé, tu t'es levée de grand matin.

– Et si, je me suis endormie fort tard.

– Et pourquoi t'es-tu endormie si tard ?

– C'est que je pensais à mon père, à ma mère, et à toi.

– Est-ce que tu crains quelque opposition de la part de tes parents ?

– Que sais-je ?

– Veux-tu que je leur parle ?

– Si je le veux ! en peux-tu douter ?

– S'ils me refusaient ?

– J'en mourrais de peine. »

la sultane.
L'oiseau n'est pas loin du pays de Vérité. On y touche partout où la corruption n'a pas encore donné aux sentiments du cœur un langage maniéré.

le premier émir.
À peine l'oiseau blanc eut-il frappé les yeux du berger, que celui-ci médita d'en faire un présent à sa bergère ; c'est ce que l'oiseau comprit à merveille aux précautions dont on usait pour le surprendre.

la sultane.
Que votre oiseau dissolu n'aille pas faire un petit esprit à cette jeune innocente ; entendez-vous ?

le premier émir.
S'imaginant qu'il pourrait avoir de ces gens des nouvelles de Vérité, il se laissa attraper, et fit bien. Il l'entendit nommer dès les premiers jours qu'il vécut avec eux ; ils n'avaient qu'elle sur leurs lèvres ; c'était leur divinité, et ils ne craignaient rien tant que de l'offenser ; mais comme il y avait beaucoup plus de sentiment que de lumière dans le culte qu'ils lui rendaient, il conçut d'abord que les meilleurs amis de la fée n'étaient pas ceux qui connaissaient le mieux son séjour, et que ceux qui l'entouraient l'en entretiendraient tant qu'il voudrait, mais ne lui enseigneraient pas les moyens de la trouver. Il s'éloigna des bergers, enchanté de l'innocence de

leur vie, de la simplicité de leurs mœurs, de la naïveté de leurs discours ; et pensant qu'ils ne devaient peut-être tous ces avantages qu'au crépuscule éternel qui régnait sur leurs campagnes, et qui, confondant à leurs yeux les objets, les empêchait de leur attacher des valeurs imaginaires, ou du moins d'en exagérer la valeur réelle.

Ici la sultane poussa un léger soupir, et l'émir ayant cessé de parler, elle lui dit d'une voix faible :

« Continuez, je ne dors pas encore. »

le premier émir.
Chemin faisant, il se jeta dans une volière, dont les habitants l'accueillirent fort mal. Ils s'attroupent autour de lui, et remarquant dans son ramage et son plumage quelque différence avec les leurs, ils tombent sur lui à grands coups de bec, et le maltraitent cruellement. « Ô Vérité ! s'écria-t-il alors, est-ce ainsi que l'on encourage et que l'on récompense ceux qui t'aiment, et qui s'occupent à te chercher ?… » Il se tira comme il put des pattes de ces oiseaux idiots et méchants, et comprit que la difficulté des chemins avait moins allongé son voyage que l'intolérance des passants…

L'émir en était là, incertain si la sultane veillait ou dormait ; car on n'entendait entre ses rideaux que le bruit d'une respiration et d'une expiration alternative. Pour s'en assurer, on fit signe à la chatouilleuse de suspendre sa fonction. Le silence de la sultane continuant, on en conclut qu'elle dormait ; et chacun se retira sur la pointe du pied.

TROISIÈME SOIRÉE.

C'était une étiquette des soirées de la sultane, que le conteur de la veille ne poursuivait point le récit du lendemain. C'était donc au second émir à parler ; ce qu'il fit après que la sultane eut remarqué que rien n'appelait le sommeil plus rapidement que le souvenir des premières années de la vie, ou la prière à Brama, ou les idées philosophiques.

« Si vous voulez que je dorme promptement, dit-elle au second émir, suivez les traces du premier émir, et faites-moi de la philosophie. »

le second émir.
Un soir que l'oiseau blanc se promenait le long d'une prairie, moins occupé de ses desseins et de la recherche de Vérité, que de la beauté et du silence des lieux, il aperçut tout à coup une lueur qui brillait et s'éteignait par intervalles sur une colline assez élevée. Il y dirigea son vol. La lumière augmentait à mesure qu'il approchait, et bientôt il se trouva à la hauteur d'un palais brillant, singulièrement remarquable par l'éclat et la solidité de ses murs, la grandeur de ses fenêtres et la petitesse de ses portes. Il vit peu de monde dans les appartements, beaucoup de simplicité dans l'ameublement, d'espace en espace des girandoles sur des guéridons, et des glacis de tout côté. À l'instant il reconnut son ancienne demeure, les lieux où il avait passé les premiers et les plus beaux jours de sa vie, et il en pleura de joie ; mais son attendrissement redoubla, lorsque, achevant de parcourir le palais, il découvrit la fée Vérité, retirée dans le fond d'une alcôve, où, les yeux attachés sur un globe, et le compas à la main, elle travaillait à constater la vérité d'un fameux système.

la sultane.
Un prince élevé sous les yeux de Vérité ! Émir, êtes-vous bien sur de ce que vous dites là ? Cela n'est pas assez absurde pour faire rire, et cela l'est trop pour être cru.

le second émir.
L'oiseau blanc vola comme un petit fou sur l'épaule de la fée, qui d'abord ne le remarqua pas ; mais ses battements d'ailes furent si rapides, ses caresses si vives et ses cris si redoublés, qu'elle sortit de sa méditation et reconnut son élève ; car rien n'est si pénétrant que la fée.

la sultane.
Un prince qui persiste dans son gout pour la vérité ! en voilà bien d'une autre ! Peu s'en faut que je ne vous impose silence ; cependant continuez.

le second émir.
À l'instant Vérité le toucha de sa baguette ; ses plumes tombèrent ; et l'oiseau blanc reprit sa forme naturelle, mais à une condition que la fée lui annonça : c'est qu'il redeviendrait pigeon jusqu'à ce qu'il fût arrivé chez son père ; de crainte que s'il rencontrait le génie Rousch (ce qui signifie dans la langue du pays, Menteur), son plus cruel ennemi, il n'en fût encore maltraité. Vérité lui fit ensuite des questions auxquelles le prince Génistan, qui n'est plus oiseau, satisfit par des réponses telles qu'il les fallait à la fée, claires et précises : il lui raconta ses aventures ; il insista particulièrement sur son séjour dans le temple de la guenon couleur de feu ; la fée le soupçonna d'ajouter à son récit quelques circonstances qui lui manquaient pour être tout à fait plaisant, et d'en retrancher d'autres qui l'auraient déparé ; mais comme elle avait de l'indulgence pour ces faussetés innocentes…

la sultane.
Innocentes ! Émir, cela vous plaît à dire. C'est à l'aide de cet art funeste, que d'une bagatelle on en fait une aventure malhonnête, indécente, déshonorante… Taisez-vous, taisez-vous ; au lieu de m'endormir, comme c'est votre devoir, me voilà éveillée pour jusqu'à demain ; et vous, madame première, continuez.

la première femme.
La fée rit beaucoup des petits esprits qu'il avait laissés là. « Et cette belle princesse qui vous a pensé faire mettre à la basilique ? lui dit-elle ironiquement.

– Ah ! l'ingrate, s'écria-t-il ; la cruelle ! qu'on ne m'en parle jamais.

– Je vous entends, reprit Vérité ; vous l'aimez à la folie. »

Cette réflexion fut si lumineuse pour le prince, qu'il convint sur-le-champ qu'il aimait.

« Mais que prétendez-vous faire de ce goût ? lui demanda Vérité.

– Je ne sais, lui répondit Génistan ; un mariage peut-être.

– Un mariage ! reprit la fée, tant pis ! Je vous avais, je crois, trouvé un parti plus sortable.

– Et ce parti, demanda le prince, quel est-il ?

– C'est, dit la fée, une personne qui a peu de naissance, qui est d'un certain âge, et dont la figure sévère ne plaît pas au premier coup d'œil ; mais qui a le cœur bon, l'esprit ferme et la conversation très-solide. Elle appartenait à un jeune philosophe qui a fait fortune à force de ramper sous les grands, et qui l'a abandonnée : depuis ce temps, je cherche quelqu'un qui veuille d'elle, et je vous l'avais destinée.

– Pourrait-on savoir de vous, répondit le prince, le nom de cette délaissée ?

– Polychresta dit la fée, ou toute bonne, ou bonne à tout ; cela n'est pas brillant ; vous trouverez là peu de titres, peu d'argent ; mais des millions en fonds de terre, et cela raccommodera vos affaires, que les dissipations de votre père et les vôtres ont fort dérangées.

– Très-assurément, madame, répondit le prince ; vous n'y pensez pas : cette figure, cet âge, cette allure-là, ne me vont point, et il ne sera pas dit que le fils du très puissant empereur du Japon ait pris pour femme une princesse de je ne sais où : encore, s'il était question d'une maîtresse, on n'y regarderait pas de si près… »

la sultane.

On en change quand on en est las.

la première femme.

« … Quant à mes affaires, j'ai des moyens aussi courts et plus honnêtes d'y pourvoir. J'emprunterai, madame : le Japon, avant que je devinsse oiseau, était rempli de gens admirables qui prêtaient à vingt-cinq pour cent par mois tout ce qu'on voulait.

– Et ces gens admirables, ajouta Vérité, finiront par vous marier avec Polychresta.

– Ah ! je vous jure par vous-même, lui dit le prince, que cela ne sera jamais ; et puis votre Polychresta voudrait qu'on lui fît des enfants du matin au soir, et je ne sache rien de si crapuleux que cette vie-là.

– Quelles idées ! dit la fée : vous passez pour avoir du sens ; je voudrais bien savoir à quoi vous l'employez.

– À ne point faire de sots mariages, répondit le prince.

– Voilà des mépris bien déplacés, lui dit sérieusement Vérité : Polychresta est un peu ma parente ; je la connais, je l'aime et vous ne pouvez vous dispenser de la voir.

– Madame, répondit le prince, vous pourriez me proposer une visite plus amusante ; et s'il faut que je vous obéisse, je ne vous réponds pas que je n'aie la contenance la plus maussade.

– Et moi, je vous réponds, dit Vérité, que ce ne sera pas la faute de Polychresta : voyez-la, je vous en prie, et croyez que vous l'estimerez, si vous vous en donnez le temps.

– Pour de l'estime et du respect, je lui en accorderai d'avance tant qu'il vous plaira ; mais je vous répèterai toujours qu'il ne sera pas dit que je me sois entêté de la délaissée d'un petit philosophe ; ce serait d'une platitude, d'un ridicule à n'en jamais revenir.

– Eh ! monsieur, lui dit Vérité, qui vous propose de vous en entêter ? Épousez-la seulement ; c'est tout ce qu'on vous demande.

– Mais attendez, reprit le prince, j'imagine un moyen d'arranger toutes choses. Il faut que j'aie Lively, cela est décidé ; je ne saurais m'en passer : si vous pouviez la résoudre à n'être que ma maitresse, je ferais ma femme de Polychresta, et nous serions tous contents. »

La fée, quoique naturellement sérieuse, ne put s'empêcher de rire de l'expédient du prince. « Vous êtes jeune, lui dit-elle, et je vous excuse de préférer Lively.

– Ah ! elle me sera plus nécessaire encore, quand je serai vieux.

– Vous vous trompez, lui dit la fée, Lively vous importunera souvent quand vous serez sur le retour ; mais Polychresta sera de tous les temps.

– Et voilà justement, reprit le prince, pourquoi je les veux toutes deux : Lively m'amusera dans mon printemps, et Polychresta me consolera dans ma vieillesse. »

la sultane.
Ah ! ma bonne, vous êtes délicieuse ; je ne connais pas d'insomnie qui tienne là contre : vous filez une conversation et l'assoupissement avec un art qui vous est propre ; personne me sait appesantir les paupières comme vous ; chaque mot que vous dites est un petit poids que vous leur attachez ; et, quatre minutes de plus, je crois que je ne me serais réveillée de ma vie. Continuez.

la première femme.

Après cette conversation, qui n'avait pas laissé de durer, comme la sultane l'a sensément remarqué, le prince se retira dans son ancien appartement ; il passa plusieurs jours encore avec la fée, qui lui donna de bons avis, dont il lui promit de se souvenir dans l'occasion, et qu'il n'avait presque pas écoutés. Ensuite il redevint pigeon à son grand regret : la fée le prit sur de poing, et l'élança dans les airs sans cérémonie ; il partit à tire-d'aile pour le Japon, où il arriva en fort peu de temps, quoiqu'il y eût assez loin.

la sultane.
Il n'en coûte pas autant pour s'éloigner de Vérité, que pour la rencontrer.

la première femme.
La fée qui sentait que le prince aurait plus besoin d'elle que jamais, à présent qu'il était à la cour, se hâta de finir la solution d'un problème fort difficile et fort inutile…

la sultane.
Car nos connaissances les plus certaines ne sont pas toujours les plus avantageuses.

la première femme.
… Le suivit de près, et l'atteignit au haut d'un observatoire, où il s'était reposé.

la sultane.
Et qui n'était pas celui de Paris.

la première femme.
Elle lui tendit le poing. L'oiseau ne balança pas à descendre ; et ils achevèrent ensemble le voyage.

la sultane.

À vous, madame seconde.

la seconde femme.

L'empereur japonais fut charmé de l'arrivée de la fée Vérité, qu'il avait perdue de vue depuis l'âge de quatorze ans. « Et qu'est-ce que cet oiseau ? lui demanda-t-il d'abord ; car il aimait les oiseaux a la folie : de tout temps il avait eu des volières ; et son plaisir, même à l'âge de quatre-vingts ans, était de faire couver des linottes.

– Cet oiseau, répondit Vérité, c'est votre fils.

– Mon fils ! s'écria le sultan ; mon fils, un gros pigeon pattu ! Ah ! fée divine, que vous ai-je fait pour l'avoir si platement métamorphosé ?

– Ce n'est rien, répondit la fée.

– Comment ? ventrebleu ! ce n'est rien ! reprit le sultan ; et que diable voulez-vous que je fasse d'un pigeon ? Encore s'il était d'une rare espèce, singulièrement panaché : mais point du tout, c'est un pigeon comme tous les pigeons du monde, un pigeon blanc. Ah ! fée merveilleuse, faites tout ce qu'il vous plaira des gens durs, savants, arrogants, caustiques et brutaux ; mais pour des pigeons, ne vous en mêlez pas.

– Ce n'est pas moi, dit la fée, qui ai joué ce tour à votre fils ; cependant je vais vous le restituer.

– Tant mieux, répondit le sultan : car, quoique mes sujets aient souvent obéi à des oisons, des paons, des vautours et des grues, je ne sais s'ils auraient accepté l'administration d'un pigeon. »

Tandis que le sultan faisait en quatre mots l'histoire du ministère japonais, la fée souffla sur l'oiseau blanc ; et il redevint le prince Génistan. Ces prodiges s'opéraient dans le cabinet de Zambador, son père ; les courtisans, presque tous amis du génie Rousch (dans la langue du pays, Menteur), furent fâchés de revoir Le prince ; mais aucun n'osa se montrer mécontent, et tout se passa bien.

Zambador était fort curieux d'apprendre de quelle manière son fils était devenu pigeon. Le prince se prépara à le satisfaire, et dit ce qui suit :

« Vous souvient-il, très respectable sultan, que quand l'impératrice, ma mère, eut quarante ans, vous la reléguâtes dans un vieux palais abandonné, sur les bords de la mer, sous prétexte qu'elle ne pouvait plus avoir d'enfants ; qu'il fallait assurer la succession au trône, et qu'il était à propos qu'elle priât les pagodes, en qui elle avait toujours eu grande dévotion, de vous en envoyer avec la nouvelle épouse que vous vous proposiez de prendre ? La bonne dame ne donna point dans vos raisons, et ne pria pas ; elle ne crut pas devoir hasarder la réputation dont elle jouissait, d'obtenir d'en haut de la pluie, du beau temps, des enfants, des melons, tout te qu'elle demandait : elle craignit qu'on ne dît qu'il ne lui restait de crédit, ni sur la terre, ni dans les cieux ; car elle savait bien que, si elle n'était plus assez jeune pour vous, vous seriez trop vieux pour une autre.

— Mon fils, dit Zambador, vous êtes un étourdi ; vous parlez comme votre mère, qui n'eut jamais le sens commun. Savez-vous que tandis que vous couriez les champs avec vos plumes, j'ai fait ici des enfants ? »

la sultane.
Cela pouvait n'être pas exactement vrai ; mais quand de petits princes sont au monde, c'est le point principal ; qu'ils soient de leur père ou d'un autre, les grands-pères en sont toujours fort contents.

la seconde femme.
Le prince répara sa faute, et dit à son père qu'il était charmé qu'il fût

toujours en bonne santé ; puis il ajouta : « Prenez donc la peine de vous rappeler ce qui se passa à la cour de Tongut. Lorsque vous m'y envoyâtes avec le titre d'ambassadeur, demander pour vous la princesse Lirila, ce qui signifie dans la langue du pays, l'Indolente ou l'Assoupie, vous m'en voulûtes assez mal à propos, de ce que ne trouvant pas Lirila digne de vous, je la pris pour moi. Mais écoutez maintenant comme la chose arriva.

« Quelque jours après ma demande, je rendis à Lirila une visite, pendant laquelle je la trouvai moins assoupie qu'à l'ordinaire. On l'avait coiffée d'une certaine façon avec des rubans couleur de rose, qui relevaient un peu la pâleur de son teint. Des rideaux cramoisis, tirés avec art, jetaient sur son visage un soupçon de vie ; on eût dit qu'elle sortait des mains d'un célèbre peintre de notre académie. Elle n'avait pas la contenance plus émue, ni le geste plus animé ; mais elle ne bâilla pas quatre fois en une heure. On aurait pu la prendre, à sa nonchalance, à sa lassitude vraie ou fausse, pour une épousée de la veille. »

la sultane.
Madame ne pourrait-elle pas aller un peu plus vite, et penser qu'elle n'est pas la princesse Lirila ?

Ce mot de la sultane désola les deux femmes et les deux émirs : ils étaient tous quatre attendus en rendez-vous ; et Mirzoza, qui le savait, souriait entre ses rideaux de leur impatience.

la seconde femme.
Il devait y avoir bal ; et c'était l'étiquette de la cour de Tongut, que celui qui l'ouvrait se trouvât chez sa dame au moins cinq heures avant qu'il commençât. Voilà, seigneur, ce qui me fit aller chez la princesse Lirila de si bonne heure.

la sultane.
La fée Vérité n'était-elle pas à cette séance du prince et de son père ?

la seconde femme.
Oui, madame.

la sultane.
Je ne lui ai pas encore entendu dire un mot.

la seconde femme.
C'est qu'elle parle peu en présence des souverains.

la sultane.
Continuez.

la seconde femme.
« J'eus donc une fort longue conversation avec elle, pendant laquelle elle articula un assez grand nombre de monosyllabes très distinctement et presque sans effort, ce qui ne lui était jamais arrivé de sa vie. L'heure du bal vint. Je l'ouvris avec elle, c'est-à-dire que la princesse commença avec moi une révérence qui n'aurait point eu de fin, par la lenteur avec laquelle elle pliait, lorsque ses quatre écuyers de quartier s'approchèrent, la prirent sous les bras, et m'aidèrent à la relever et à la remettre à sa place. »

Ici la chatouilleuse, qui avait peut-être aussi quelque, arrangement, s'arrêta, et la maligne sultane lui dit : « Je ne vous conseille pas mademoiselle, de vous lasser si vite : cet endroit m'intéresse à un point surprenant ; je n'en fermerai pas l'œil de la nuit. Seconde, continuez. »

la seconde femme.
Je crus qu'il était de la décence de l'entretenir de votre amour et du bonheur que vous vous promettiez à la posséder. Je m'étais étendu sur ce texte tout à mon aise, lorsqu'elle me demanda quel âge vous pouviez avoir. C'était, à ce qu'on m'a rapporté, une des plus longues questions qu'elle eût encore faites. Je lui répondis que je vous croyais soixante ans.

– Vous en avez bien menti, dit Zambador à son fils ; je n'en avais pas alors plus de cinquante-neuf. »

Le prince s'inclina et continua, sans répliquer, l'histoire de son ambassade. « À ce mot, dit-il, Lirila soupira ; et je continuai à lui faire votre cour avec un zèle vraiment filial ; car je vous observerai qu'elle était nonchalamment étalée, qu'elle avait les yeux fermés, et que je lui parlais presque convaincu qu'elle dormait, lorsqu'il lui échappa une autre question. Elle dit, éveillée, ou en rêve, je ne sais lequel des deux : « – Est-il jaloux ?…

« Madame, lui répondis-je, mon père se respecte trop et ses femmes, pour se livrer à de vils soupçons. »

– Voilà qui est bien répondu, dit Zambador. La première Pagode vacante, j'y nommerai votre précepteur.

« – Mais, continua le prince, lorsqu'il s'avise de s'alarmer, bien ou mal à propos, sur la conduite de quelqu'une de ses femmes, il en use on ne peut mieux. On leur prépare un bain chaud ; on les saigne des quatre membres ; elles s'en vont tout doucement faire l'amour en l'autre monde, et il n'y paraît plus. »

– Cela est assez bien dit, reprit Zambador ; mais il valait encore mieux se taire. Et comment la princesse prit-elle mon procédé ?

– Je ne sais, répondit le prince ; elle fit une mine… »

Zambador en fit une autre, et le prince continua.

« J'interprétai la mine de Lirila ; c'était un embarras qu'on avait souvent avec une femme paresseuse de parler, et je crus qu'il convenait de la rassurer.

– Vous crûtes bien, ajouta Zambador.

– Je lui dis donc que ce n'était point votre habitude ; et que, depuis quarante-cinq ans que vous aviez dépêché la première, pour un coup d'éventail qu'elle avait donné sur la main d'un de vos chambellans, vous n'en étiez qu'à la dix-huit ou dix-neuvième.

– Ah ! mon fils, dit Zambador au prince, ne vous faites pas géomètre ; car vous êtes bien le plus mauvais calculateur que je connaisse. »

Puis s'adressant à la fée : « Madame, ajouta-t-il, vous deviez, ce me semble, lui apprendre un peu d'arithmétique ; c'était votre affaire ; je ne sais pourquoi vous n'en avez rien fait. »

la sultane.
Je me doute que la fée représenta à Zambador qu'on ne savait jamais bien ce qu'on n'apprenait pas par goût ; et que Génistan son fils avait marqué, dès sa plus tendre enfance, une aversion insurmontable pour les sciences abstraites.

la seconde femme.
« Lirila ne vous dit-elle plus rien ? demanda Zambador à son fils.

– Pardonnez-moi, seigneur, répondit le prince. Elle me demanda si ma mère était morte. « Madame, lui répondis-je, elle jouit encore du jour et de la tranquillité dans un vieux château abandonné sur les rives de la mer, où elle sollicite du ciel, pour mon père et pour vous, une nombreuse postérité ; et il faut espérer que vous irez un jour partager les délices de sa solitude, sans qu'il vous arrive aucun fâcheux accident ; car mon père est le meilleur homme du monde, et à cela près qu'il fait baigner et saigner ses femmes pour un coup d'éventail, il les aime tendrement, et il est fort galant. Madame, ajoutai-je tout de suite, venez embellir la cour du Japon ; les plaisirs les plus délicats vous y attendent : vous y verrez la plus belle ménagerie ; on vous y donnera des combats de taureaux ; et je ne doute point qu'à votre arrivée il n'y ait un rhinocéros mis à mort, avec un hourvari fort récréatif... »

« Il prit, en cet endroit, à la princesse, un bâillement. Ah ! seigneur, quel bâillement ! Vous n'en fîtes jamais un plus étendu dans aucune de vos audiences. Cela signifiait, à ce que j'imaginai, que nos amusements n'étaient pas de son goût ; et je lui témoignai qu'on s'empresserait à lui en inventer d'autres.

« – Y a-t-il loin ? demanda la princesse.

« – Non, madame, lui répondis-je. Une chaise des plus commodes que Falkemberg ait jamais faites, vous y portera, jour et nuit, en moins de trois mois.

« – Je n'aime point les voyages, dit Lirila en se retournant, et l'idée de votre chaise de poste me brise. Si vous me parliez un peu de vous, cela me délasserait peut-être. Il y a si longtemps que vous m'entretenez de votre père, qui a soixante ans, et qui est à mille lieues !... »

« La princesse s'interrompit deux ou trois fois en prononçant cette énorme phrase ; et l'on répandit que votre chaise l'avait furieusement secouée pour en faire sortir tant de mots à la fois. Pour surcroît de fatigue, en les disant, Lirila avait encore pris la peine de me regarder. Je crois, seigneur, vous avoir prévenu que c'était une de ces femmes qu'il fallait sans cesse deviner. Je conçus donc qu'elle ne pensait plus à vous, et qu'il fallait profiter de l'instant qu'elle avait encore à penser à moi ; car Lirila s'était rarement occupée une heure de suite d'un même objet. »

la sultane.
Cela est charmant ! Premier émir, continuez.

Le premier émir dit qu'il n'avait jamais eu moins d'imagination que ce soir ; qu'il était distrait sans savoir pourquoi ; qu'il souffrait un peu de la poitrine, et qu'il suppliait la sultane de lui permettre de se retirer. La sultane lui répondit qu'il valait mieux, pour son indisposition, qu'il restât ; et elle ordonna au second émir de suivre le récit.

le second émir.
« Le bal finit. On porta la princesse dans son appartement, où j'eus l'honneur de l'accompagner. On la posa tout de son long sur un grand canapé. Ses femmes s'en emparèrent, la tournèrent, retournèrent, et déshabillèrent à peu près avec les mêmes cérémonies de leur part et la même indolence de la part de Lirila, que si l'une eût été morte, et que si les autres l'eussent ensevelie. Cela fait, elles disparurent. Je me jetai aussitôt à ses pieds, et lui dis de l'air le plus attendri et du ton le plus touchant qu'il me fut possible de prendre :

« Madame, je sens tout ce que je vous dois et à mon père, et je ne me suis jamais flatté d'obtenir de vous quelque préférence ; mais il y a si loin d'ici au Japon, et je ressemble si fort à mon père !

« – Vrai ? dit la princesse.

« – Très-vrai, répondis-je ; et à cela près que je n'ai pas ses années, et qu'en vous aimant il ne risquerait pas la couronne et la vie, vous vous y méprendriez.

« – Je ne voudrais pourtant pas vous prendre l'un pour l'autre à ce prix. Je serais bien aise de vous avoir, vous, et qu'il ne vous en coutât rien. »

« Pendant cette conversation, une des mains de Lirila, entraînée par son propre poids, m'était tombée sur les yeux ; elle m'incommodait là : je crus donc pouvoir la déplacer sans offenser la princesse, et je ne me trompai pas. J'imaginai que nous nous entendions : point du tout, je m'entendais tout seul. Lirila dormait. Heureusement on m'avait appris que c'était sa manière d'approuver. Je fis donc comme si elle eût veillé ; je l'épousai jusqu'au bout, et toujours en votre nom.

– Ah ! traître, dit le sultan.

– Ah ! seigneur, dit le prince, vous m'arrêtez dans le plus bel endroit, au moment où j'avançais vos affaires de toute ma force.

– Avance, avance, ajouta le sultan ; tu fais de belles choses. »

Génistan, qui craignait que son père ne se fâchât tout de bon, lui représenta qu'il pouvait entrer dans tous ces détails sans danger ; et lui les écouter sans humeur, puisqu'il ne se souciait plus de Lirila.

– Mon fils, dit Zambador, vous avez raison ; achevez votre aventure, et tâchez de réveiller votre assoupie.

« Seigneur, continua le prince, je fis de mon mieux ; mais ce fut inutilement. Je me retirai après des efforts inouïs ; car s'il n'y a pas de pires sourds que ceux qui ne veulent pas entendre… »

la sultane.
Il n'y a pas de pires endormies que celles qui ne veulent pas s'éveiller, ni de pires éveillées que celles qui ne veulent pas s'endormir.

le second émir.
« Cela est surprenant, dit le sultan ; car on a tant de raisons pour veiller en pareil cas !

– Lirila, dit le prince, s'embarrassait bien de ces raisons ! J'interprétai son sommeil comme un consentement de préparer son voyage. On se constitua dans des dépenses dont elle ne daigna pas seulement s'informer ; et nous ne sûmes qu'elle restait qu'au moment de partir, lorsqu'on eut mis les chevaux à cette admirable voiture que vous nous envoyâtes. Alors, Lirila, ne sachant pas bien positivement ce qu'il lui fallait, me tint à peu près ce discours :

« Prince, je crois que vous pouvez aller seul, et que je reste.

« – Et pourquoi donc, madame ? lui demandai-je.

« – Pourquoi ? Mais c'est qu'il me semble que je ne veux ni de vous, ni de votre père.

« – Mais, madame, d'où naît votre répugnance ? Il me semble, à moi, que vous pourriez vous trouver mal d'un autre.

« – Tant pis pour lui ; je me trouve bien ici.

« – Restez-y donc, madame… »

« Et je partis sans prendre mon audience de congé de l'empereur, qui s'en formalisa beaucoup, comme vous savez. Je revins ici vous rendre compte de mon ambassade, vous courroucer de ce que je ne vous avais pas amené une sotte épouse, et obtenir l'exil pour la récompense de mes services.

– Mon fils, mon fils, dit sérieusement Zambador au prince, vous ne me révélâtes pas tout alors, et vous fîtes sagement.

La sultane dit à sa chatouilleuse :

« Assez. »

Les émirs et ses femmes lui proposèrent obligeamment de continuer, si cela lui convenait.

« Vous mériteriez bien, leur dit-elle, que je vous prisse au mot ; mais j'ai joui assez longtemps de votre impatience. Assez. Et vous, premier émir, songez à ménager pour demain votre poitrine ; car je ne veux rien perdre, et votre tâche sera double. Quelle heure est-il ?

– Deux heures du matin.

– J'ai fait durer ma méchanceté plus longtemps que je ne voulais. Allez, allez vite.

QUATRIÈME SOIRÉE.

la sultane.
Je trouve mon lit mal fait… Où en étions-nous ?… Est-ce toujours le prince qui raconte ?

– Oui, madame.

– Et que dit-il ?

la première femme.
Il dit : « Je ne sus d'abord où je me retirerais. Après quelques réflexions sur mon ignorance, car je n'avais jamais donné dans ces harangues où l'on me félicitait de mon profond savoir, il me prit envie de renouer connaissance avec Vérité, chez laquelle j'avais passé mes premières années. Je partis dans le dessein de la trouver ; et comme je n'étais occupé d'aucune passion qui m'éloignât de son séjour, je n'eus presque aucune peine à la rencontrer. Je voyageai cette fois dans des dispositions d'âme plus favorables que la première. Les femmes de votre cour, seigneur, et la princesse Lirila ne me donnèrent pas les mêmes distractions que les jeunes vierges de la guenon couleur de feu. »

la sultane.

Je crois, en effet, que l'image d'une jolie femme est mauvaise compagnie pour qui cherche Vérité.

la première femme.

« J'avais entièrement oublié les usages de la cour de cette fée, lorsque j'y arrivai ; et je fus tout étonné de n'y voir que des gens presque nus. Les riches vêtements dont je m'étais précautionné m'auraient été tout à fait inutiles, peut-être même y déshonoré, si la fée m'eût laissé libre sur mes actions. Ce n'étaient ici, et au Tongut, que des magnificences. Chez la fée Vérité, tout était, au contraire, d'une extrême simplicité : des tables d'acajou, des boisures unies, des glaces sans bordures, des porcelaines toutes blanches, presque pas un meuble nouveau.

« Lorsqu'on m'introduisit, la fée était vêtue d'une gaze légère, qu'elle prenait toujours pour les nouveaux venus, mais qu'elle quittait à mesure qu'on se familiarisait avec elle. La chaise longue sur laquelle elle reposait n'aurait pas été assez bonne pour la bourgeoise la plus raisonnable ; elle était d'un bleu foncé, relevée par des carreaux de Perse, fond blanc. Je fus surpris de ce peu de parure. On me dit que la fée n'en prenait presque jamais davantage, à moins qu'elle n'assistât à quelque cérémonie publique, ou qu'un grand intérêt ne la contraignît de se déguiser, comme lorsqu'il fallait paraître devant les grands. Toutes ces occasions lui déplaisaient, parce qu'elle ne manquait guère d'y perdre de sa beauté. Elle avait surtout une aversion insurmontable pour le rouge, les plumes, les aigrettes et les mouches. Les pierreries la rendaient méconnaissable. Elle ne se parait jamais qu'à regret.

« Elle avait à ses côtés une nièce qui s'appelait Azéma, ou, dans la langue du pays, Candeur. Cette nièce avait d'assez beaux yeux, la physionomie douce, et par-dessus cela, le teint de la plus grande blancheur. Cependant elle ne plaisait pas : elle avait toujours un air si fade, si insipide, si décent, qu'on ne pouvait l'envisager sans se sentir peu à peu gagner d'ennui. Sa tante aurait bien voulu la marier, et même avec moi ; car elle avait vingt-deux ans passés, temps où l'on doit épouser ou jamais. Mais pour être son neveu, il aurait fallu courir sur les brisées du génie Rousch, qui en était éperdu.

« Rousch était le plus vilain, le plus dangereux, le plus ignoble des génies. Il était mince, il avait le teint basané, la figure commune, l'air sournois, les yeux renfoncés et couverts, les lèvres épaisses, l'accent gascon, les cheveux crépus, la bouche grande et les dents doubles. »

la sultane.
Ne m'avez-vous pas dit que Rousch signifiait, dans la langue du pays, Menteur ?

la première femme.
Je crois qu'oui.

« Rousch était très méchante langue. Pour de l'esprit, il en voulait avoir. Il était fat, petit-maître, insolent avec les femmes, lâche avec les hommes, grand parleur, ayant beaucoup de mémoire et n'en ayant pas encore assez, ignorant les bonnes choses, la tête pleine de frivolités, faisant des nouvelles, apprêtant des contes, imaginant des aventures scandaleuses, qu'il nous débitait comme des vérités. Nous donnions là-dedans ; il riait sous cape, et nous prenait pour des imbéciles, lui, pour un esprit supérieur. »

la sultane.
Ne fut-ce pas ce même personnage qui inventa le grand art de persiffler ? Si cela n'est pas, laissez-le-moi croire.

la première femme.
« La fée me paraissait plus digne d'attention que sa nièce. Je commençais à me faire à son air austère et sérieux. Elle avait des charmes, mais on n'en était pas toujours touché. Elle ne changeait point, mais on était

journalier avec elle. Ce qui me rebutait quelquefois, c'était une sécheresse excessive. Son visage seulement conservait quelque sorte d'embonpoint. Sa taille était ordinaire. Elle avait l'air noble, la démarche grave et composée, les yeux pénétrants et petits, quelque chose d'intéressant dans la physionomie, la bouche grande, les dents belles, les cheveux de toutes sortes de couleurs. On remarquait dans ses traits je ne sais quoi d'antique qui ne plaisait pas à tout le monde. Elle ne manquait pas d'esprit. Pour des connaissances, personne n'en avait davantage et de plus sûres. Elle ne laissait rien entrer dans sa tête, sans l'avoir bien examiné. Du reste, sans enjouement et sans aménité, aimant la promenade, la philosophie, la solitude et la table ; écrivant durement ; ayant tout vu, tout lu, tout entendu, tout retenu, excepté l'histoire et les voyages ; faisant ses délices des ouvrages de caractère et de mœurs, pourvu que la religion n'y fût point mêlée. Il était défendu de parler en sa présence de son dieu, de sa maîtresse et de son roi. Les mathématiques étaient presque son unique étude. La musique ne lui déplaisait pas, surtout l'italienne. Elle avait peu de gout pour la poésie. Elle aimait les enfants à la folie ; aussi lui en envoyait-on de toutes parts ; mais elle ne les gardait pas longtemps : à peine avaient-ils l'âge de raison, que Rousch et ses partisans nombreux les lui débauchaient. »

la sultane.
La fée n'était-elle pas là, lorsque Génistan en parlait ainsi ?

la première femme.
Oui, madame.

la sultane.
Comment prit-elle ce portrait, qui n'était pas flatté ?

la première femme.
Elle s'avança vers lui, l'embrassa tendrement ; et le prince continua.

« Je fus du nombre de ceux que Rousch entreprit ; mais j'aimais la fée et j'en étais aimé. Le moyen de lui plaire, en me liant avec le seul génie qu'elle eût en aversion ! Je m'appliquai donc à éloigner Rousch. Il en fut piqué. Azéma, sur laquelle il avait des vues, s'avisa d'en avoir sur moi ; et voilà Rousch furieux. C'était bien à tort, car je n'avais pas le moindre dessein qui pût l'alarmer. La tante eut beau me vanter la bonté de son esprit et la douceur de son caractère, je répondis aux éloges de l'une et aux agaceries insinuantes de sa nièce, qu'Azéma ferait assurément le bonheur de son époux, mais que je ne pouvais faire le sien ; et il n'en fut plus question. Cependant Rousch ne me le pardonna pas davantage. Il se promit une vengeance proportionnée à l'injure qu'il prétendait avoir reçue. Il médita d'abord de se battre ; mais après y avoir un peu réfléchi, il trouva qu'il n'en avait pas le courage. Il aima mieux recourir à son art. Il redoubla de rage contre Vérité, et se mit à la défigurer d'une si étrange manière, que je ne pus l'aimer ce jour-là. À l'entendre, c'était une pédante, une ennemie des plaisirs et du bonheur ; que sais-je encore ? Je parus froid à la fée ; j'abrégeai les longs entretiens que j'avais coutume d'avoir avec elle : je ne sais même si je n'eus pas une mauvaise honte de l'attachement scrupuleux que je lui avais voué. Cependant je la revis le lendemain, mais d'un air embarrassé. La fée m'avait deviné ; elle me demanda comment je l'avais trouvée la veille.

« – Madame, lui répondis-je, on ne peut pas mieux. Vous êtes charmante en tout temps ; mais hier vous étiez à ravir.

« – Ah ! mon fils, me répondit la fée, Rousch vous a séduit. Quel dommage, et que votre changement m'afflige ! Prince, vous m'abandonnez.

« Je fus sensible à ce reproche ; et me jetant entre les bras de la fée (elle les tenait toujours ouverts à ceux qui revenaient sincèrement à elle), je la conjurai de ne me pas faire un crime d'un discours que la politesse m'avait dicté. »

la sultane.
La politesse ! Est-ce qu'il ne savait pas que c'était une des proches parentes et des bonnes amies de Rousch ?

la première femme.
Pardonnez-moi, madame, la fée le lui avait dit plus d'une fois : aussi Génistan, se jetant à ses genoux, lui jura-t-il de ne plus ménager Rousch et sa parente à ses dépens, dût-il rester muet, et passer ou pour grossier ou pour sot. La fée le reçut en grâce, et lui conta les tours sanglants que Rousch s'amusait à lui jouer. « Tantôt, lui dit-elle, il me rend vieille et surannée, tantôt jeune et difforme ; quelquefois il m'enjolive à tel point, qu'il ne me reste rien de ma dignité, et qu'on me prendrait pour une bouffonne ; d'autres fois il me prête un air sauvage et rechigné. En un mot, sous quelque forme qu'il me présente, je suis estropiée. Il me fait un œil bleu, et l'autre noir ; les sourcils bruns et les cheveux blonds ; mais il a beau me déguiser, les bons yeux me reconnaissent. »

la sultane.
Les dieux n'ont laissé à Rousch qu'un moment d'une illusion qui cesse toujours à sa honte.

la première femme.
« Madame, dit le prince en se tournant du côté de la fée, me parlait ainsi lorsqu'on lui annonça le prince Lubrelu, ou, dans la langue du pays, Brouillon ; et la princesse Serpilla, ou, dans la langue du pays, Rusée. C'étaient deux élèves qu'on lui envoyait. « Ah ! dit la fée en fronçant le sourcil, que veut-on que je fasse de ces gens-là ? » Elle les reçut assez froidement, et sans demander des nouvelles de leurs parents. »

la sultane.
À vous, madame seconde.

la seconde femme.

« Lubrelu salua la fée fort étourdiment. Il était assez joli garçon, mais louche et bègue. Il parlait beaucoup et sans suite ; n'était d'accord avec lui-même, que quand il n'y pensait pas ; grand disputeur, souvent il prenait les raisons de son sentiment pour des objections ; sourd d'une oreille, quelquefois il entendait mal et répondait bien, ou entendait bien et répondait mal. Dès le même soir, il fut ami de Rousch.

« Pour Serpilla, elle était petite, maigre et noire ; elle contrefaisait la vue basse ; elle avait le nez retroussé, le visage chiffonné, les coins de la bouche relevés : si elle méditait une méchanceté, elle en tirait en bas le coin gauche ; c'était un tic. Son menton était pointu, ses sourcils bruns et prolongés vers les tempes ; ses mains noires et sèches, mais elle ne quittait jamais ses gants. Elle parlait peu, pensait beaucoup, examinait tout, ne faisait aucune démarche, ne tenait aucun propos sans dessein ; jouait toute sorte de personnages, l'étourdie ; la distraite, la niaise, et n'avait jamais plus d'esprit que quand on était tenté de la prendre pour une idiote.

« Azéma lui déplut d'abord ; et elle s'occupa, dès le premier jour, à la tourner en ridicule, et à lui tendre des panneaux dans lesquels la bonne créature donnait tête baissée. Elle lui faisait voir une infinité de choses qui n'étaient point et ne pouvaient être. Elle se mit en tête de lui persuader que Génistan, moi, pour qui elle se sentait du goût, je l'aimais, elle Azéma, à la folie, mais que je n'osais le lui déclarer.

« – Pourquoi, lui demandait Azéma, se taire opiniâtrement comme il fait ? S'il n'a que des vues honnêtes, que ne parle-t-il à ma tante ?…

« – Princesse, lui répondait Serpilla, vous ne connaissez pas encore les amants délicats. S'adresser à votre tante, ce serait s'assurer de votre personne sans avoir pressenti votre cœur. Vous pouvez compter que le prince périra plutôt de chagrin que de hasarder une démarche qui pourrait vous déplaire…

« – Ah ! reprit Azéma, pour cela je ne veux pas qu'il périsse ; je ne veux pas même qu'il souffre…

« – Cependant cela est, et cela durera, si vous n'y mettez pas ordre…

« – Mais comment faut-il que je m'y prenne ? Je suis si neuve et si gauche à tout…

« – Je le regarderais tendrement lorsqu'il viendrait chez ma tante ; s'il lui arrivait de me donner la main, je la serrerais de distraction ; je jetterais un mot, et puis un autre…

« – En vérité, j'ai peur d'avoir fait tout cela sans y penser…

« – Si cela est, il faut avouer que ce Génistan est un cruel homme. Je n'y vois plus qu'un remède…

« – Et quel est-il ?…

« – Ho ! non, je ne vous le dirai pas…

« – Et pourquoi ?…

« – C'est que si je vous le disais, vous le confieriez peut-être à votre tante…

« – Ne craignez rien ; vous ne sauriez croire combien je suis discrète…

« – Eh bien ! j'écrirais…

« – Si c'est là votre secret, n'en parlons plus ; je n'oserais jamais m'en servir…

« – N'en parlons plus, comme vous dites. Il me semble qu'il fait beau, et qu'un tour de promenade vous dissiperait…

« – Très volontiers ; nous rencontrerons peut-être le prince Génistan…

« – Le prince a renoncé à tout amusement. S'il se promène, c'est dans des lieux écartés et solitaires. Je ne sais où le conduira cette triste vie. S'il en mourait pourtant, c'est vous qui en seriez la cause…

« – Mais je ne veux pas qu'il meure, je vous l'ai déjà dit…

« – Écrivez-lui donc…

« – Je n'oserais ; et puis je ne sais que lui écrire…

« – Que ne m'en chargez-vous ? Vous me connaissez un peu, et vous ne me croyez pas, sans doute, aussi maladroite que je le parais. J'arrangerai les choses avec toute la décence imaginable. La lettre sera anonyme. Si la déclaration réussit, c'est vous qui l'aurez faite ; si elle échoue, ce sera moi…

« – Vous êtes bien bonne… »

la sultane.
Cette Serpilla est une dangereuse créature, et la simple Azéma n'en savait pas assez pour sentir ce piège. La lettre fut-elle écrite ?

la seconde femme.
Le prince dit que oui.

la sultane.
Fut-elle répondue ?

la seconde femme.
Le prince dit que non.

la sultane.
Et pourquoi ?

la seconde femme.
« Je n'avais garde, dit le prince, de me fier à Serpilla, et cela sous les yeux de la fée, qui nous aurait devinés d'abord, et qui ne m'aurait jamais pardonné cette intrigue. Azéma fut désolée de mon silence, mais elle ne se plaignit pas. Sa méchante amie se fit un mérite auprès d'elle de la démarche hardie qu'elle avait faite pour la servir, et Azéma l'en remercia sincèrement. Rousch ne fut pas si scrupuleux que moi ; on dit qu'il tira parti de Serpilla. Ce qu'il y a de vrai, c'est qu'on remarqua de la liaison entre eux, et qu'ils formèrent avec Lubrelu une espèce de triumvirat qui mit en fort peu de temps la cour de la fée sens dessus dessous. On s'évitait, on ne se parlait plus ; c'étaient des caquets et des tracasseries sans fin ; on se boudait sans savoir pourquoi, et la fée en était de fort mauvaise humeur. »

la sultane.
C'est, en vérité, comme ici ; et je croirais volontiers que ce triumvirat subsiste dans toutes les cours.

la seconde femme.
« La fée fit publier pour la centième fois les anciennes lois contre la calomnie ; elle défendit de hasarder des conjectures sur la réputation d'un ennemi, même sur celle d'un méchant notoire, sous peine d'être banni de sa cour ; elle redoubla de sévérité ; et s'il nous arrivait quelquefois de médire, elle nous arrêtait tout court, et nous demandait brusquement : « Est-ce à vous que le fait est arrivé ? Ce que vous racontez, l'avez-vous vu ? » Elle était rarement satisfaite de nos réponses. Elle m'interdit une fois sa présence pendant quatre jours, pour avoir assuré une aventure arrivée au Ton-

gut tandis que j'y étais, mais à laquelle je n'avais eu aucune part, et que je n'avais apprise que par le bruit public.

« Malgré les défenses de Vérité, Lubrelu avait toutes les peines du monde à se contenir. Il lui échappait à tout moment des choses peu mesurées qui offensaient moins de sa part que d'une autre, parce qu'il y avait, disait-on, dans son fait plus de sottise et d'étourderie que de méchanceté : il croyait parler sans conséquence, en disant hautement que j'étais bien avec la tante, et passablement avec la nièce ; qu'il y avait entre nous un arrangement le mieux entendu, et que le jour j'appartenais à Azéma, et la nuit à Vérité.

« Rousch, qui était présent, lui répondit qu'il lui abandonnait la vieille fée pour en disposer à sa fantaisie, mais qu'il prétendait qu'on s'écoutât quand on parlait d'Azéma. S'écouter, c'est ce que Lubrelu n'avait fait de sa vie ; il répondit à Rousch par une pirouette, et lui laissa murmurer entre ses dents qu'il était épris d'Azéma ; que personne ne l'ignorait ; qu'il en était aimé ; qu'il méditait depuis longtemps de l'épouser ; et que, quoiqu'il eût commencé avec elle par où les autres finissent, il n'en était pas moins amoureux.

« Lubrelu ne perdit pas ces derniers mots, qu'il redit le lendemain à Azéma, y ajoutant quelques absurdités fort atroces. Azéma en fut affligée, et s'en alla, en pleurant, se plaindre à sa tante, et la prier de l'envoyer pour quelque temps chez la fée Zirphelle, ou, dans la langue du pays, Discrète, son autre tante : Vérité y consentit. On tint le départ secret, et Azéma disparut sans que Rousch en sût rien. Il fit du bruit quand il l'apprit ; mais Azéma était déjà bien loin : il courut après elle, ne la rejoignit point, et revint une fois plus hideux, me soupçonnant d'avoir enlevé ses amours, et bien résolu de m'en faire repentir. Ses menaces ne m'effrayèrent point ; je n'ignorais pas que sa puissance était limitée, et qu'il ne me nuirait jamais que de concert avec le génie Nucton, ou comme qui dirait Sournois, qui résidait à mille lieues et plus du palais de Vérité. Mais qui l'eût cru ?

Rousch disparut un matin, et l'on sut qu'il était allé consulter Nucton sur les moyens de se venger.

« Il n'était pas à un quart de lieue, qu'on entendit un grand fracas dans les avant-cours ; on crut que c'était Rousch qui revenait : point du tout, c'était une de ses amies et des parentes de Lubrelu, que le hasard avait jetée dans cette contrée ; on l'appelait Trocilla, comme qui dirait Bizarre. Sa manie était de courir sans savoir où elle allait ; pourvu qu'elle ne suivît pas la grande route, elle était contente : aussi apprîmes-nous qu'elle s'était engagée dans des chemins de traverse où son équipage avait été mis en pièces, et qu'elle arrivait sur une mule rétive, crottée, déchirée, dans un désordre à faire mourir de rire.

« On lui donna un appartement : il y en avait toujours de reste chez Vérité ; elle se reposait en attendant ses gens, qu'elle maudissait, et qui ne demeuraient pas en reste avec elle. Ils arrivèrent enfin. On tira ses femmes d'une berline en souricière ; c'étaient trois espèces de boiteuses : l'une boitait à droite, l'autre à gauche, la troisième des deux côtés. Trocilla, qui les examinait d'une croisée, trouvait leur allure si ridicule, qu'elle en riait à gorge déployée, comme si l'étrange spectacle de ces trois boiteuses, qui se hâtaient de venir, eût été nouveau pour elle. Tandis qu'un cocher en scaramouche et un valet en arlequin dételaient de la voiture deux chevaux, l'un blanc et l'autre noir, Trocilla était à sa toilette, qui commença sur les cinq heures du soir, et qui finit à peine à huit, qu'elle se présenta chez la fée Vérité.

« Je n'ai rien vu de si extravagant que sa parure, et sa personne attira mon attention et celle de tout le monde.

la sultane.
C'est le privilège de la singularité plus encore que de la beauté. Les hommes se livrent plus promptement à ce qui les surprend qu'à ce qu'ils admireraient.

La sultane prononça cette réflexion sensée d'un ton faible et entrecoupé qui annonçait l'approche du sommeil.

la seconde femme.
« Trocilla était plutôt grande que petite, mal proportionnée : c'étaient de longues jambes au bout de longues cuisses, qui lui donnaient l'air d'une sauterelle, surtout quand elle était assise : point de taille ; un bras potelé, et l'autre sec ; une main laide et difforme, et l'autre jolie ; un pied petit et délicat dans une grande mule rembourrée, un autre pied grand et mal fait, enchâssé dans une petite mule ; mais cela n'y faisait rien : par ce moyen, elle avait deux mules égales. Son épaule droite était un peu plus haute que la gauche ; à la vérité, un corps et l'éducation avaient affaibli ce défaut : elle avait des couleurs et point de teint ; un œil bleu et un œil gris ; le nez long et pointu ; la bouche charmante quand elle riait ; mais par malheur pour ceux qui l'approchaient, elle avait des journées tristes sans savoir pourquoi, car elle ne voulait pas que ce fût des vapeurs ou des nerfs.

« Elle avait une robe de satin couleur de rosé, avec des parures violettes ; une simarre de velours bleu, garnie de crêpe ; un nœud de diamants, d'où pendait une riche dévote, dans un temps où l'on n'en portait plus ; une girandole de très beaux brillants à l'oreille droite, et une perle d'orient à la gauche ; une plume verte dans sa coiffure, dont un des côtés était en papillon, et l'autre en battant l'œil, avec un énorme éventail à la main.

« Voilà l'ajustement sous lequel nous apparut Trocilla. »

la sultane.
La perle à l'oreille gauche est de trop.

la seconde femme.
« Elle salua Vérité sans la regarder ; s'étendit indécemment sur une sultane, tira de sa poche une lorgnette, dont elle ne se servit point, jeta

à travers une conversation fort sérieuse trois ou quatre mots déplacés et plaisants, se moqua d'elle et du reste de la compagnie, et se retira. »

la sultane.
Je vous conseille de l'imiter. Après la nuit dernière, je crois que vous pourriez avoir besoin de repos. Bonsoir, messieurs ; mesdames, bonsoir ; car je crois que vous allez vous coucher.

CINQUIÈME SOIRÉE.

Ce soir, Mangogul avait ordonné qu'on laissât la porte de l'appartement ouverte ; et lorsque Mirzoza fut couchée, il profita du bruit que firent les improvisateurs en s'arrangeait autour de son lit, pour entrer sans qu'elle s'en doutât : il était placé debout, les coudes appuyés sur la chaise de la seconde femme et sur celle du premier émir, lorsque la sultane demanda à celui-ci si sa poitrine lui permettait de la dédommager du silence qu'il gardait depuis deux jours. L'émir lui répondit qu'il ferait de son mieux, et commença comme il suit :

le premier émir.
« Je pris pour elle ce qu'on appelle une fantaisie. »

la sultane.
Ce je, c'est le prince Génistan ; et cet elle, c'est apparemment Trocilla.

le premier émir.
Oui, madame.

la sultane.
Ah, les hommes ! les hommes !... Je les crois encore plus fous que nous.

le premier émir.
Madame en excepte sûrement le sultan.

la sultane.
Continuez.

le premier émir.
« L'occasion de l'instruire de mes sentiments n'était pas difficile à trouver ; mais il fallait se cacher de Vérité. Un jour que la fée était profondément occupée, la crainte de la distraire me servit de prétexte, et j'allai faire ma cour à Trocilla, qui me reçut bien. J'y retournai le lendemain, et elle me fit froid d'abord. Sa mauvaise humeur cessa lorsqu'elle s'aperçut que je ne m'empressais nullement à la dissiper ; elle railla la religion, les prêtres et les dévotes ; traita la modestie, la pudeur et les principales vertus de son sexe, de freins imaginés par les sottes ; et je crus victoire gagnée : point de préjugés à combattre, point de scrupules à lever ; je ne désirais qu'une seconde entrevue pour être heureux ; encore ne fallait-il pas qu'elle fût longue, de peur d'avoir du temps de reste, et de ne savoir qu'en faire. J'eus un autre jour l'occasion de la reconduire dans son appartement : chemin faisant, je lui demandai la permission d'y rester un moment ; elle me fut accordée. Aussitôt je me mis en devoir de lui dire des choses tendres et galantes autant qu'il m'en vint ; que je l'avais aimée depuis que j'avais eu le bonheur de la voir ; que c'était un de ces coups de sympathie auxquels jusqu'alors j'avais ajouté peu de foi, et qu'il fallait que ma passion fût bien violente, puisque j'osais la lui déclarer la seconde fois que je jouissais de son entretien : elle m'écouta attentivement ; puis tout à coup éclatant de rire, elle se leva et appela toutes ses femmes, qui accoururent, et qu'elle renvoya. Je la priai de se remettre d'une surprise à laquelle ses charmes ne l'exposaient pas sans doute pour la première fois. Vous avez raison, me répondit-elle : on m'a aimée, on me l'a dit, et je devrais y être faite ; mais il m'est toujours nouveau de voir des hommes, parce qu'ils sont aimables, prétendre qu'on leur sacrifiera l'honneur, la réputation, les mœurs, la modestie, la pudeur, et la plupart des vertus qui

font l'ornement de notre sexe ; car il paraît bien à leurs procédés et à ceux des femmes, que c'est à ces bagatelles que se réduisent les désirs des uns et les bontés des autres. Et continuant d'un ton moins naturel encore et plus pathétique : Non, s'écria-t-elle, il n'y a plus de décence ; les liaisons ont dégénéré en un libertinage épouvantable ; la pudeur est ignorée sur la surface de la terre : aussi les dieux se sont-ils vengés ; et presque tous les hommes… »

la sultane.
Sont devenus faux ou indiscrets.

le premier émir.
Madame en excepte sans doute le sultan.

la sultane.
Continuez.

le premier émir.
« Je fus un peu déconcerté de ce sermon, auquel je ne m'attendais guère ; et j'allais lui rappeler ses maximes de la veille, lorsqu'elle m'épargna ce propos ridicule, en me priant de me retirer, de crainte qu'on n'en tînt de méchants sur sa conduite. J'obéis, bien résolu d'abandonner Trocilla à toutes ses bizarreries, et de ne la revoir jamais. Mais j'avais plu ; et dès le lendemain elle m'agaça, me dit des mots fort doux et assez suivis ; et je me laissai entraîner. »

la sultane.
Vous n'êtes que des marionnettes.

le premier émir.
Madame en excepte sans doute le sultan.

la sultane.
Émir, respectez le sultan ; respectez-moi, et continuez.

le premier émir.
« Je me rendis dans son appartement à l'heure marquée ; je crus la trouver seule. Point du tout, elle s'occupait à prendre une leçon d'anglais, qui avait déjà duré fort longtemps, et que ma présence n'abrégea point. Nous y serions encore tous les trois, si le maître d'anglais, qui ne manquait pas d'intelligence, n'eût eu pitié de moi. Mais il était écrit que mon supplice serait plus long. Trocilla me reçut comme un homme tombé des nues, me laissa debout, ne me dit presque pas un mot ; et sans m'accorder le temps de lui parler, sonna et se fit apporter une vielle, dont elle se mit à jouer précisément comme quand on est seul, et qu'on s'ennuie.

Ici le sultan ne put s'empêcher de rire ; la sultane dit : « En effet, cette scène est assez ridicule. » Et l'émir reprit son récit.

le premier émir.
« Je lui laissai tâtonner une musette, un menuet ; et elle allait commencer un maudit air à la mode, qui n'aurait point eu de fin, lorsque je pris la liberté de lui arrêter les mains.

« Ah ! vous voilà, me dit-elle, et que faites-vous ici à l'heure qu'il est ?

« – C'est par vos ordres, madame, lui répondis-je, que je m'y suis rendu ; et il y a près de deux heures que j'attends que vous vous aperceviez que j'y suis…

« – Est-il bien vrai ?…

« – Pour peu que vous en doutassiez, votre maitre d'anglais vous l'assurerait…

« – Vous l'avez donc entendu donner leçon ? C'est un habile homme ; qu'en pensez-vous ? Et ma vielle, je commence à m'en tirer assez bien. Mais, asseyez-vous, je me sens en main, et je vais vous jouer des contre-danses du dernier bal, qui vous réjouiront…

« – Madame, lui répondis-je, faites-moi la grâce de m'entendre. À présent, ce ne sont point des airs de vielle que je viens chercher ici ; quittez pour un moment votre instrument, et daignez m'écouter…

« – Mais vous êtes extraordinaire, me dit Trocilla ; vous ne savez pas ce que vous refusez. J'allais vous jouer, ce soir, comme un ange…

« – Madame, lui répliquai-je, si je vous gêne, je vais me retirer…

« – Non, restez, monsieur. Et qui vous dit que vous me gênez ?…

« – Quittez donc ce maudit instrument, ou je le brise…

« – Brisez, mon cher ; brisez : aussi bien j'en suis dégoûtée.

Je détachai la ceinture de la vielle, non sans serrer doucement la taille de la vielleuse. Trocilla était assise sur un tabouret ; cette situation n'était pas commode. »

la sultane.
Émir, supposez que je dors, et continuez.

le premier émir.
« Je la pris par sa main jolie que je baisai plusieurs fois, en la conduisant vers une chaise longue sur laquelle je la poussai doucement ; elle s'y laissa aller sans façon ; et me voilà assis à côté d'elle, lui baisant encore la main, et lui protestant d'une voix émue que je l'adorais. »

De distraction le sultan s'écria : « Adore donc, maudite bête ! » Heureusement la sultane, ou ne l'entendit pas, ou feignit de ne pas l'entendre.

le premier émir.

« Trocilla me crut apparemment, car elle me passa son autre main sur les yeux, et l'arrêta sur ma bouche. Je la regardai dans ce moment, et je la trouvai charmante. Son souris, son badinage, le son de sa voix, tout excitait en moi des désirs. Elle me tenait de petits propos d'enfants, qui achevaient de me tourner la tête. Bientôt je n'y fus plus. Je me penchai sur sa gorge. Je ne sais trop ce que mes mains devinrent. Trocilla paraissait éprouver le même trouble ; et nous touchions à l'instant du bonheur, lorsque nous sortîmes, elle et moi, de cette situation voluptueuse, par une extravagance inouïe. Trocilla me repoussa fortement ; et se mettant à pleurer, mais à pleurer à chaudes larmes :

« Ah ! cher Zulric, s'écria-t-elle ; tendre et fidèle amant, que deviendrais-tu, si tu savais à quel point je t'oublie ? »

« Ses larmes et ses soupirs redoublèrent ; c'était à me faire craindre qu'elle ne suffoquât.

« Retirez-vous, monsieur ; je vous hais, je vous déteste. Vous m'avez fait manquer à mes serments, et tromper l'homme unique à qui je suis engagée par les liens les plus solennels ; vous n'en serez pas plus heureux, et j'en mourrai de douleur. »

« Ces dernières paroles, et les larmes abondantes qui les suivirent, me persuadèrent que le quart d'heure était passé. Je me retirai, bien résolu de le faire renaître. J'envoyai le lendemain chez Trocilla, et j'appris de sa part qu'elle avait bien reposé, et qu'elle m'attendait pour prendre le thé. Je partis sur-le-champ, et j'eus le bonheur de la trouver encore au lit.

« Venez, prince, dit-elle ; asseyez-vous près de moi. J'ai conçu pour vous des sentiments dont il faut absolument que je vous instruise. Il y va de mon bonheur, et peut-être de ma vie. Tâchez donc de ne pas abuser de ma sincérité. Je vous aime ; mais de l'amour le plus tendre et le plus violent. Avec le mérite que vous avez, il ne doit pas être nouveau pour vous d'être prévenu. Ah ! si je rencontre dans votre cœur la même tendresse que vous avez fait naître dans le mien, que je vais être heureuse ! Parlez, prince, ne me suis-je point trompée, lorsque je me suis flattée de quelque retour ? M'aimez-vous ?

« Ah, madame, si je vous aime ! Ne vous l'ai-je pas assuré cent fois ?

« – Serait-il bien possible !

« – Rien n'est plus vrai.

« – Je le crois, puisque vous me le dites ; mais je veux mourir, si je m'en souviens. Vraiment, je suis enchantée de ce que vous m'apprenez là. Je vous conviens donc beaucoup, beaucoup ?

« – Autant qu'à qui que ce soit au monde.

« – Eh bien ! mon cher, reprit-elle en me serrant la main entre là sienne et son genou, personne ne me convient comme toi. Tu es charmant, divin, amusant au possible, et nous allons nous aimer comme des fous. On disait que Vindemill, Illoo, Girgil, avaient de l'esprit. J'ai un peu connu ces personnages-là, et je te puis assurer que ce n'était rien, moins que rien.

« Trocilla ne laissait pas que d'avoir rencontré bien des gens d'esprit, quoiqu'elle n'en accordât qu'à elle et à son amant.

« À présent, madame, je puis donc me flatter, lui dis-je, que vous ne vous souviendrez plus de Zulric ni d'aucun autre ?

« – Que parlez-vous de Zulric ? reprit-elle. C'est un petit sot qui s'est imaginé qu'il n'y avait qu'à faire le langoureux auprès d'une femme, et à l'excéder de protestations pour la subjuguer. C'est de ces gens prêts à mourir cent fois pour vous, et dont une misérable petite complaisance vous débarrasse ; mais vous, ce n'est pas cela ; et quelque répugnance que vous ayez pour les hiboux, je gage que vous la vaincriez, si j'avais attaché mes faveurs aux caresses que vous feriez au mien. »

« Seigneur, dit Génistan à son père, les autres femmes ont un serin, une perruche, un singe, un doguin. Trocilla en était, elle, pour les hiboux… Oui, seigneur, pour les hiboux !… De tous les oiseaux, c'est le seul que je n'ai pu souffrir. Trocilla en avait un qu'elle ne montrait qu'à ses meilleurs amis. »

la sultane.
Que beaucoup de gens avaient vu.

le premier émir.
« Et qu'on me présenta sur-le-champ. « Voyez mon petit hibou, me dit-elle ; il est charmant, n'est-ce pas ? Ce toquet blanc à la housarde, qu'on lui a placé sur l'oreille, lui fait à ravir. C'est une invention de mes boiteuses. Ce sont des femmes, admirables. Mais vous ne me dites rien de mon petit hibou ?

« – Madame, lui répondis-je, vous auriez pu, je crois, prendre du goût pour un autre animal. Il n'y a que vous aux Indes, à la Chine, au Japon, qui se soit avisée d'avoir un hibou en toquet.

« – Vous vous trompez, me répondit-elle : c'est l'animal à la mode : et de quel pays débarquez-vous donc ? Ici tout le monde a son hibou, vous dis-je, et il n'est pas permis de s'en passer. Promettez-moi donc d'avoir le vôtre incessamment ; je sens que je ne puis vous aimer sans cela. »

« Je lui promis tout ce qu'elle voulut, et je la pressai d'abréger mon impatience. »

la sultane.
Je crois, émir, qu'il est à propos que je me rendorme. Me voilà rendormie ; continuez.

la première femme.
« Elle y consentit, mais à condition que j'aurais un hibou.

« Ah ! plutôt quatre, madame, » lui répondis-je.

« À l'instant elle me reçut les bras ouverts. Je fus exposé aux emportements de la femme du monde qui aimait le moins ; j'y répondis avec toute l'impétuosité d'un homme qui ne voulait pas laisser à Trocilla le temps de se refroidir

« Vous aurez un hibou, me disait-elle d'une voix entrecoupée : prince, vous me le promettez.

« – Oui, madame, lui répondis-je, dans un instant où l'on est dispensé de connaître toute la force de ses promesses : je vous le jure par mon amour et par le vôtre. »

« À ces mots, Trocilla se tut, et moi aussi. Il y avait près d'une demi-heure que nous étions ensemble, lorsqu'elle me dit froidement de la laisser dormir et de me retirer. Si je n'avais pas su à quoi m'en tenir, je m'en serais pris à moi-même de cette indifférence subite ; mais je n'avais rien à me reprocher, ni elle non plus. Je pris donc le parti de lui obéir, et même plus scrupuleusement peut-être qu'elle ne s'y attendait. Je revins à Vérité, qui me parut plus belle que jamais. »

la sultane.

C'est la vraie consolation dans les disgrâces, et on ne lui trouve jamais tant de charmes que quand on est malheureux.

la seconde femme.

« Toutes ces choses s'étaient passées, lorsque Rousch reparut : il avait vu Nucton, et ils avaient concerté de me faire rentrer cent pieds sous terre ; c'était leur expression. La pauvre Azéma, dont ils avaient découvert la retraite, avait déjà éprouvé les cruels effets de leur haine. Rousch lui avait soufflé sur le visage une poudre qui l'avait rendue toute noire. Dans cet état elle n'osait se montrer ; elle vivait donc renfermée, détestant à chaque moment Rousch, et arrosant sans cesse de ses larmes un miroir qui lui peignait toute sa laideur, et qu'elle ne pouvait quitter. Sa tante apprit son malheur, la plaignit, et vint à son secours. Elle essaya de laver le visage de sa triste nièce ; mais elle y perdit ses peines. Noire elle était, noire elle resta : ce qui détermina la fée à la transformer en colombe, et à lui restituer sa première blancheur sous une autre forme.

« Vérité, de retour de chez Azéma, songea à me garantir des embûches de Rousch. Pour cet effet, elle me fit partir incognito. Mais admirez les caprices des femmes et surtout de Trocilla ; elle ne me sut pas plus tôt éloigné d'elle, qu'elle songea à s'approcher de moi. Elle s'informa de la route que j'avais prise, et me suivit. Rousch instruit de notre aventure, connaissant assez bien son monde, et particulièrement Trocilla, ne douta point qu'il ne parvînt au lieu de ma retraite, en marchant sur ses traces. Sa conjecture fut heureuse ; et un matin nous nous trouvâmes tous trois en déshabillé dans un même jardin.

« La présence de Trocilla me consola un peu de celle de Rousch. Je fus flatté d'avoir fait faire quatre cent cinquante lieues à une femme de son caractère ; et je me déterminai à la revoir. Ce n'était pas le moyen d'éviter Rousch ; car Trocilla et Rousch se connaissaient de longue main, et ils avaient toujours été passablement ensemble. C'était de concert avec elle qu'il ébauchait tous ses récits scandaleux. Il inventait le fond ; elle mettait de l'originalité dans les détails, d'où il arrivait qu'on les écoutait avec plaisir, qu'on les répétait partout, qu'on paraissait y croire, mais qu'on n'y croyait pas. »

la sultane.
Il y a quelquefois tant de finesse dans votre conte, que je serais tentée de le croire allégorique.

le premier émir.
« Un soir qu'une des boiteuses de Trocilla m'introduisait chez sa maîtresse par un escalier dérobé, j'allai donner rudement de la tête contre celle de Rousch, qui s'esquivait par le même escalier. Nous fûmes l'un et l'autre renversés par la violence du choc. Rousch me reconnut au cri que je poussai. « Malheureux, s'écria-t-il, que le destin a conduit ici, tremble. Tu vas enfin éprouver ma colère. » À l'instant il prononça quelques mots inintelligibles ; et je sentis mes cuisses rentrer en elles-mêmes, se raccourcir et se fléchir en sens contraire, mes ongles s'allonger et se recourber, mes mains disparaître, mes bras et le reste de mon corps se revêtir de plumes. Je voulus crier, et je ne pus tirer de mon gosier qu'un son rauque et lugubre. Je le redis plusieurs fois ; et les appartements en retentirent et le répétèrent. Trocilla accourut au ramage, qui lui parut plaisant ; elle m'appela : « Petit, petit. » Mais je n'osai pas me confier à une femme qui n'avait de fantaisie que pour les hiboux. Je pris mon vol par une fenêtre, résolu de gagner le séjour de Vérité, et de me faire désenchanter ; mais je ne pus jamais reprendre le chemin de son séjour. Plus j'allais, plus je m'égarais. Ce serait abuser de votre patience, que de vous raconter le reste de mes voyages et mes erreurs. D'ailleurs tout voyageur est sujet à mentir. J'aurais peur de succomber à la tentation, et j'aime mieux que ce soit Vérité qui vous achève elle-même mes aventures. »

la sultane.
Ce sera la première fois qu'elle se mêlera de voyage.

le premier émir.

« Mais il faut bien qu'elle fasse quelque chose pour vous et pour moi qui l'aimais de si bonne amitié, et qui avons tant fait pour elle, dit Génistan à son père. »

la sultane.
Ce conte est ancien, puisqu'il est du temps où les rois aimaient la vérité.

le premier émir.
Génistan s'arrêta ; Vérité prit la parole ; et comme elle poussait l'exactitude dans les récits jusqu'au dernier scrupule, elle dépêcha en quatre mots ce que nous aurions eu de la peine à écrire en vingt pages.

« J'aurais voulu, ajouta-t-elle, en le débarrassant de ses plumes, lui ôter une fantaisie qu'il a prise sous cet habit. Il s'est entêté d'une des filles de Kinkinka.

– Celle, dit le sultan, qui avait permis qu'on le mît à la crapaudine.

– Vous voulez dire à la basilique. Elle-même.

– Mais il est fou. Celle qui fait aussi peu de cas de la vie de son amant se jouera de l'honneur de son mari. Mon fils veut donc être… Je serais pourtant bien aise que nous commençassions à nous donner nous-mêmes des successeurs. Il y a assez longtemps que d'autres s'en mêlent. Madame, vous qui savez tout, pourriez-vous nous dire comment il faudrait s'y prendre ?

– Il n'y a point de remède au passé, répondit Vérité ; mais je vous réponds de l'avenir si vous donnez le prince à Polychresta. Rien ne sera ni si fidèle ni si fécond, et je vous réponds d'une légion de petits-fils, et tous de Génistan.

– Qui empêche donc, ajouta le sultan, qu'on en fasse la demande ?

– Un petit obstacle ; c'est que si Polychresta vous convient fort, elle ne convient point à votre fils. Il ne peut la souffrir ; il la trouve bourgeoise, sensée, ennuyeuse, et je ne sais quoi encore…

– Il l'a donc vue ?… Jamais. Votre fils est un homme d'esprit ; et quel esprit y aurait-il, s'il vous plaît, à aimer ou haïr une femme après l'avoir vue ? C'est comme font tous les sots…

– Parbleu, dit le sultan, mon fils l'entendra comme, il voudra ; mais j'avais connu sa mère avant que de la prendre ; et si, je ne suis pas un sot…

– Je serais fort d'avis, dit la fée, que votre fils quittât pour cette fois seulement un certain tour original qui lui sied, pour prendre votre bonhomie, et qu'il vît Polychresta avant que de la dédaigner ; mais ce n'est pas une petite affaire que de l'amener là. Il faudrait que vous interposassiez votre autorité…

– Ho, dit le sultan, s'il ne s'agit que de tirer ma grosse voix, je la tirerai. Vous allez voir. »

Aussitôt il fit appeler son fils ; et prenant l'air majestueux qu'il attrapait fort bien, quand on l'en avertissait :

« Monsieur, dit-il a son fils, je veux, j'entends, je prétends, j'ordonne que vous voyiez la princesse Polychresta lundi ; qu'elle vous plaise mardi ; que vous l'épousiez mercredi : ou elle sera ma femme jeudi…

– Mais, mon père…

– Point de réponse, s'il vous plaît. Polychresta sera jeudi votre femme ou la mienne. Voilà qui est dit ; et qu'on ne m'en parle pas davantage. »

Le prince, qui n'avait jamais offensé son père par un excès de respect, allait s'étendre en remontrances, malgré l'ordre précis de les supprimer ; mais le sultan lui ferma la bouche d'un obéissez, lui tourna le dos, et lui laissa exhaler toute son humeur contre la fée.

« Madame, lui dit-il, je voudrais bien savoir pourquoi vous vous mêlez, avec une opiniâtreté incroyable, de la chose du monde que vous entendez le moins. Est-ce à vous, qui ne savez ni exagérer l'esprit, la figure, la naissance, la fortune, les talents, ni pallier les défauts, à foire des mariages ? Il faut que vous ayez une furieuse prévention pour votre amie, si vous avez imaginé qu'elle plairait sur un portrait de votre main. Vous qui n'ignorez aucun proverbe, vous auriez pu vous rappeler celui qui dit de ne point courir sur les brisées d'autrui. De tout temps les mariages ont été du ressort de Rousch. Laissez-le faire ; il s'y prendra mieux que vous ; et il serait du dernier ridicule qu'un aussi saugrenu que celui que vous proposez se consommât sans sa médiation. Mais vous n'y réussirez ni vous ni lui. Je verrai votre Polychresta, puisqu'on le veut ; mais parbleu, je ne la regarde ni ne lui parle ; et la manière dont votre légère amie s'y prendra pour vaincre ma taciturnité et m'intéresser sera curieuse. Vous pouvez, madame, vous féliciter d'avance d'une entrevue où nous ferons tous les trois des rôles fort amusants. »

Le premier émir allait continuer lorsque Mangogul fit signe aux femmes, aux émirs et à la chatouilleuse de sortir.

« Pourquoi donc vous en aller de si bonne heure ? dit la sultane.

– C'est, répondit le sultan, que j'en ai assez de leur métaphysique, et que je serais bien aise de traiter avec vous de choses un peu plus substantielles…

– Ah ! ah ! vous êtes là !

– Oui, madame.

– Y a-t-il longtemps ?

– Ah ! très longtemps…

– Premier émir, vous m'avez tendu deux ou trois pièges dont je ne renverrai pas la vengeance au dernier jugement de Brama.

– L'émir est sorti, et nous sommes seuls. Parlez, madame ; permettez-vous que je reste ?

– Est-ce que vous avez besoin de ma permission pour cela ?

– Non, mais je serais flatté que vous me l'accordassiez.

– Restez donc. »

SIXIÈME SOIRÉE.

La sultane dit à sa chatouilleuse : « Mademoiselle, approchez-vous, et arrangez mon oreiller : il est trop bas… Fort bien… Madame seconde, continuez. Je prévois que ce qui doit suivre sera plus de votre district que de celui du second émir. S'il prenait en fantaisie à Mangogul d'assister une seconde fois à nos entretiens, vous tousserez deux fois. Et commencez. »

la seconde femme.
Tout ce qui n'avait point cet éclat qui frappe d'abord déplaisait souverainement à Génistan. Sa vivacité naturelle ne lui permettait ni d'approfondir le mérite réel ni de le distinguer des agréments superficiels. C'était un défaut national dont la fée n'avait pu le corriger, mais dont elle se flatta de prévenir les effets : elle prévit que, si Polychresta restait dans ses

atours négligés, le prince, qui avait malheureusement contracté à la cour de son père et à celle du Tongut le ridicule de la grande parure, avec ce ton qui change tous les six mois, la prendrait à coup sûr pour une provinciale mise de mauvais goût et de la conversation la plus insipide. Pour obvier à cet inconvénient, Vérité fit avertir Polychresta qu'elle avait à lui parler. Elle vint. « Vous soupirez, lui dit la fée, et depuis longtemps, pour le fils de Zambador : je lui ai parlé de vous ; mais il m'a paru peu disposé à ce que nous désirons de lui. Il s'est entêté dans ses voyages d'une jeune folle qui n'est pas sans mérite, mais avec laquelle il ne fera que des sottises : je voudrais bien que vous travaillassiez à lui arracher cette fantaisie ; vous le pourriez, en aidant un peu à la nature et en vous pliant au goût du prince et aux avis d'une bonne amie : par exemple, vous avez là les plus beaux yeux du monde ; mais ils sont trop modestes ; au lieu de les tenir toujours baissés, il faudrait les relever et leur donner du jeu : c'est la chose la plus facile. Cette bouche est petite, mais elle est sérieuse ; je l'aimerais mieux riante. J'abhorre le rouge ; mais je le tolère, lorsqu'il s'agit d'engager un homme aimable. Vous ordonnerez donc à vos femmes d'en avoir. On abattra, s'il vous plaît, cette forêt de cheveux, qui rétrécit votre front ; et vous quitterez vos cornettes : les femmes n'en portent que la nuit. Pour ces fourrures, elles ne sont plus de saison ; mais demain je vous enverrai une personne qui vous conseillera là-dessus, et dont je compte que vous suivrez les conseils, quelque ridicules que vous puissiez les trouver. » Polychresta allait représenter à la fée qu'elle ne se résoudrait jamais à se métamorphoser de la tête aux pieds, et qu'il ne lui convenait pas de faire la petite folle ; mais Vérité, lui posant un doigt sur les lèvres, lui commanda de se parer, et de ne rien négliger pour captiver le prince.

Le lendemain matin, la fée Churchille, ou dans la langue du pays, Coquette, arriva avec tout l'appareil d'une grande toilette. Une corbeille, doublée de satin bleu, renfermait la parure la plus galante et du goût le plus sûr ; les diamants, l'éventail, les gants, les fleurs, tout y était, jusqu'à la chaussure : c'était les plus jolies petites mules qu'on eût jamais brodées. La toilette fut déployée en un tour de main, et toutes les petites boîtes arrangées et ouvertes : on commença par lui égaliser les dents, ce qui lui fit grand mal ; on lui appliqua deux couches de rouge ; on lui plaça sur la tempe gauche une grande mouche à la reine ; de petites furent dispersées avec choix sur le reste du visage : ce qui acheva cette partie essentielle de son ajustement. J'oubliais de dire qu'on lui peignit les sourcils, et qu'on lui en arracha une partie, parce qu'elle en avait trop. On répondit aux plaintes qui lui échappèrent dans cette opération, que les sourcils épais étaient de mauvais ton. On ne lui en laissa donc que ce qu'il lui en fallait pour lui donner un air enfantin ; elle supporta cette espèce de martyre avec un héroïsme digne d'une autre femme et de l'amant qu'elle voulait captiver. Churchille y mit elle-même la main, et épuisa toute la profondeur de son savoir, pour attraper ce je ne sais quoi, si favorable à la physionomie : elle y réussit ; mais ce ne fut qu'après l'avoir manqué cinq ou six fois. On parvint enfin à lui mettre des diamants. Churchille fut d'avis de les ménager, de crainte que la quantité n'offusquât l'éclat naturel de la princesse : pour les femmes, elles lui en auraient volontiers placé jusqu'aux genoux, si on les avait laissées faire. Puis on la laça. On lui posa un panier d'une étendue immense, ce qui la choqua beaucoup : elle en demanda un plus petit. « Eh ! fi donc, lui répondit Cburchille ; pour peu qu'on en rabattît, vous auriez l'air d'une marchande en habit de noces, et sans rouge on vous prendrait pour pis. » Il fallut donc en passer par là : on continua de l'habiller, et quand elle le fut, elle se regarda dans une glace : jamais elle n'avait été si bien, et jamais elle ne s'était trouvée aussi mal. Elle eu reçut des compliments. Vérité lui dit, avec sa sincérité ordinaire, que dans ses atours elle lui plaisait moins ; mais qu'elle en plairait davantage à Génistan ; qu'elle effacerait Lively dans son souvenir, et qu'elle pouvait s'attendre, pour le lendemain, à un sonnet, à un madrigal ; car, ajouta-t-elle, il fait assez joliment des vers, malgré toutes les précautions que j'ai prises pour le détourner de ce frivole exercice.

La fée donna l'après-dînée un concert de musettes, de vielles et de flûtes. Génistan y fut invité : on plaça avantageusement Polychresta, c'est-à-dire qu'elle n'eut point de lustre au-dessus de sa tête, pour que l'ombre de l'orbite ne lui renfonçât pas les yeux. On laissa à côté d'elle une place pour le prince, qui vint tard ; car son impatience n'était pas de voir sa déesse de campagne : c'est ainsi qu'il appelait Polychresta. Il parut enfin, et salua, avec ses grâces et son air distrait, la fée et le reste de l'assemblée. Vérité le présenta à sa protégée qui le reçut d'un air timide et embarrassé, en lui faisant de très profondes révérences. Cependant le prince la parcourait avec une attention à la déconcerter : il s'assit auprès d'elle, et lui adressa des choses fines ; Polychresta lui en répondit de sensées, et le prince conçut une idée avantageuse de son caractère, avec beaucoup d'éloignement pour sa société ; « eh ! laissez là le sens commun, ayez de la gentillesse et de l'enjouement ; voilà l'essentiel avec de vieux louis, disait un bon gentilhomme… »

la sultane.
Dont le château tombait en ruine.

la seconde femme.
Quoique les revenus du prince fussent en très-mauvais ordre, il était trop jeune pour goûter ces maximes : c'était Lively qu'il lui fallait, avec ses agréments et ses minauderies ; il se la représentait jouant au volant ou à colin-maillard, se faisant des bosses au front, qui ne l'empêchaient pas de folâtrer et de rire ; et il achevait d'en raffoler. Que fera-t-il d'une bégueule d'un sérieux à glacer, qui ne parle jamais qu'à propos, et qui fait tout avec poids et mesure ?

Après le concert, il y eut un feu d'artifice qui fut suivi d'un repas somptueux : le prince fut toujours placé à côté de Polychresta ; il eut de la politesse, mais il ne sentit rien. La fée lui demanda le lendemain ce qu'il pensait de son amie. Génistan répondit qu'il la trouvait digne de toute son estime, et qu'il avait conçu pour elle un très-profond respect. « J'aimerais mieux, reprit Vérité, un autre sentiment. Cependant il est bien doux de faire le bonheur d'une femme vertueuse et douée d'excellentes qualités.

– Ah ! madame, reprit le prince, si vous aviez vu Lively ! qu'elle est aimable !

– Je vois, dit Vérité, que vous n'avez que cette petite folle en tête, qui n'est point du tout ce qu'il vous faut. »

la sultane.
Dans une maison, grande ou petite, il faut que l'un des deux au moins ait le sens commun.

la seconde femme.
Le prince voulut répliquer, et justifier son éloignement pour Polychresta ; mais la fée, prenant un ton d'autorité, lui ordonna de lui rendre des soins, et lui répéta qu'il l'aimerait s'il voulait s'en donner le temps. D'un autre côté elle suggéra à son amie de prendre quelque chose sur elle, et de ne rien épargner pour plaire au prince. Polychresta essaya, mais inutilement : un trop grand obstacle s'opposait à ses désirs ; elle comptait trente-deux ans, et Génistan n'en avait que vingt-cinq : aussi disait-il que les vieilles femmes étaient toutes ennuyeuses : quoique la fée fût très-antique, ce propos ne l'offensait pas.

la sultane.
Elle possédait seule le secret de paraître jeune.

la seconde femme.
Le prince obéit aux ordres de la fée ; c'était toujours le parti qu'il prenait, pour peu qu'il eût le temps de la réflexion. Il vit Polychresta ; il se plut même chez elle.

la sultane.
Toutes les fois qu'il avait fait des pertes au jeu, ou qu'il boudait quelqu'une de ses maîtresses.

la seconde femme.

À la longue, il s'en fit une amie ; il goûta son caractère ; il sentit la force de son esprit ; il retint ses propos ; il les cita, et bientôt Polychresta n'eut plus contre elle que son air décent, son maintien réservé, et je ne sais quelle ressemblance de famille avec Azéma, qu'il ne se rappelait jamais sans bâiller. Les services qu'elle lui rendit dans des occasions importantes achevèrent de vaincre ses répugnances. La fée, qui n'abandonnait point son projet de vue, revint à la charge. Dans ces entrefaites on annonça au prince que plusieurs seigneurs étrangers, à qui il avait fait des billets d'honneur pendant sa disgrâce, en sollicitaient le payement, et il épousa.

Il porta à l'autel un front soucieux ; il se souvint de Lively, et il en soupira. Polychresta s'en aperçut ; elle lui en fit des reproches, mais si doux, si honnêtes, si modérés, qu'il ne put s'empêcher d'en verser des larmes, et de l'embrasser.

la sultane.
Je les plains l'un et l'autre.

la seconde femme.
« Je n'ai point de goût pour Polychresta, disait-il en lui-même ; mais j'en suis fortement aimé : il n'y a point de femme au monde que j'estime autant qu'elle, sans en excepter Lively. Voilà donc l'objet dont je suis désespéré de devenir l'époux ! La fée a raison ; oui, elle a raison ; il faut que je sois fou ! Les femmes de son mérite sont-elles donc si communes pour s'affliger d'en posséder une ? D'ailleurs elle a des charmes qui seront même durables : à soixante ans elle aura de la bonne mine. Je ne puis me persuader qu'elle radote jamais ; car je lui trouve plus de sens et plus de lumières qu'il n'en faut pour la provision et pour la vie d'une douzaine d'autres. Avec tout cela, je souffre. D'où vient cette cruelle indocilité de mon cœur ? Cœur fou, cœur extravagant, je te dompterai. »

Ce soliloque, appuyé de quelques propositions faites au prince de la part de Polychresta, le forcèrent, sinon à l'aimer, du moins à vivre bien avec elle.

la sultane.
Ces propositions, je gagerais bien que je les sais. Continuez.

la seconde femme.
« Prince, lui dit-elle un jour, peu de temps après leur mariage, les lois de l'empire défendent la pluralité des femmes ; mais les grands princes sont au-dessus des lois. »

la sultane.
Voilà ce que je n'aurais pas dit, moi.

la seconde femme.
« Je consentirai sans peine à partager votre tendresse avec Lively. »

la sultane.
Fort bien cela.

la seconde femme.
« Mais plus de voyage chez Trocilla. »

la sultane.
À merveille.

la seconde femme.
« Des femmes de sens ne doivent-elles pas être bien flattées des sentiments qu'on leur adresse, lorsqu'on en porte de semblables chez une dissolue qui n'a jamais aimé, qui n'a rien dans le cœur, et qui pourrait vous précipiter dans des travers nuisibles à mon bonheur, au vôtre, à celui de vos sujets ? Qui vous a dit que cette impérieuse folle ne s'arrogera pas le choix de vos ministres et de vos généraux ? qui vous a dit qu'un moment

de complaisance inconsidérée ne coûtera pas la vie à cinquante mille de vos sujets, et l'honneur à votre nation ? J'ignore les intentions de Lively ; mais je vous déclare que les miennes sont de n'avoir aucune intimité avec un homme qui peut se livrer à Trocilla et à ses hiboux. »

la sultane.
Ce discours de Polychresta m'enchante.

la seconde femme.
Le prince était disposé à sacrifier Trocilla, pourvu qu'on lui accordât Lively.

la sultane.
Notre lot est d'aimer le souverain, d'adoucir le fardeau du sceptre, et de lui faire des enfants. J'ai quelquefois demandé des places au sultan pour mes amis, jamais aucune qui tînt à l'honneur ou au salut de l'empire. J'en atteste le sultan. J'ai sauvé la vie à quelques malheureux ; jusqu'à présent je n'ai point eu à m'en repentir.

la seconde femme.
Génistan proposa donc l'avis de sa nouvelle épousée au conseil, où il passa d'un consentement unanime. Il ne s'agissait plus que d'être autorisé par les prêtres, qui partageaient avec les ministres le gouvernement de l'empire, depuis la caducité de Zambador. Il se tint plusieurs synodes, où l'on ne décida rien. Enfin, après bien des délibérations, on annonça au prince qu'il pourrait en sûreté de conscience avoir deux femmes, en vertu de quelques exemples consacrés dans les livres saints, et d'une dispense de la loi, qui ne lui coûterait que cent mille écus.

Génistan partit lui-même pour la Chine, et revit Lively plus aimable que jamais. Il l'obtint de son père, et revint avec elle au Japon. Polychresta ne fut point jalouse de son empressement pour sa rivale, et le prince fut si touché de sa modération, qu'elle devint dès ce moment son unique confidente. Il eut d'elle un grand nombre d'enfants, qui tous vinrent à bien. Il n'en fut pas de même de Lively. Elle n'en put amener que deux à sept mois.

Vérité demeura à la cour pendant plusieurs années ; mais lorsque la mort de Zambador eut transmis le sceptre entre les mains de son fils, elle se vit peu à peu négligée, importune, regardée de mauvais œil, et elle se retira, emmenant avec elle un fils que le prince avait eu de Polychresta, et une fille que Lively lui avait donnée.

Trocilla fut entièrement oubliée et Genistan, partageant son temps entre les affaires et les plaisirs, jouissait du vrai bonheur d'un souverain, de celui qu'il procurait à ses sujets, lorsqu'il survint une aventure qui surprit étrangement la cour et la nation.

Ici la sultane ordonna au premier émir de continuer ; mais l'émir ayant toussé deux fois avant de commencer, Mirzoza comprit que le sultan venait d'entrer. « Assez, » dit-elle ; et l'assemblée se retira.

SEPTIÈME SOIRÉE.

le premier émir.
Un jour on avertit le sultan Génistan qu'une troupe de jeunes gens des deux sexes, qui portaient des ailes blanches sur le dos, demandaient à lui être présentés. Ils étaient au nombre de cinquante-deux, et ils avaient à leur tête une espèce de député. On introduisit cet homme dans la salle du trône, avec son escorte ailée. Ils firent tous à l'empereur une profonde révérence, le député en portant la main à son turban, les enfants en s'inclinant et trémoussant des ailes, et le député prenant la parole, dit :

« Très invincible sultan, vous souvient-il des jours où, persécuté par un mauvais génie, vous traversâtes d'un vol rapide des contrées immenses, arrivâtes dans la Chine sous la forme d'un pigeon et daignâtes vous abattre sur le temple de la guenon couleur de feu, où vous trouvâtes des volières dignes d'un oiseau de votre importance ? Vous voyez, très prolifique seigneur, dans cette brillante jeunesse, les fruits de vos amours et les merveilleux effets de votre ramage. Les ailes blanches dont leurs épaules sont décorées ne peuvent vous laisser de doute sur leur sublime origine, et ils viennent réclamer à votre cour le rang qui leur est dû. »

Génistan écouta la harangue du député avec attention. Ses entrailles s'émurent, et il reconnut ses enfants. Pour leur donner quelque ressemblance avec ceux de Polychresta, il leur fit aussitôt couper les ailes. « Qu'on me montre, dit-il ensuite, celui dont la princesse Lively fut mère.

– Prince, lui répondit le député, c'est le seul qui manque ; et votre famille serait complète, si la fée Coribella, ou dans la langue du pays, Turbulente, marraine de celui que vous demandez, ne l'avait enlevé dans un tourbillon de lumière, comme vous en fûtes vous-même le témoin oculaire, lorsque le grand Kinkinka le secouant par une aile, était sur le point de lui ôter la vie. »

Le prince fut mécontent de ce qu'on avait laissé un de ses enfants en si mauvaises mains. « Ah ! prince, ajouta le député, la fée l'a rendu tout joli ; il a des mutineries tout à fait amusantes. Il veut tout ce qu'il voit ; il crie à désespérer ses gouvernantes, jusqu'à ce qu'il soit satisfait ; il casse, il brise, il mord, il égratigne ; la fée a défendu qu'on le contredît sur quoi que ce soit. »

Ici le député se mit à sourire.

« De quoi souriez-vous ? lui dit le prince.

– D'une de ses espiègleries.

– Quelle est-elle ?

– Un soir, qu'on était sur le point de servir, il lui prit en fantaisie de pisser dans les plats ; et on le laissa faire. Le moment suivant, il voulut que sa marraine lui montrât son derrière, et il fallut le contenter. Il ne s'en tint pas là… »

la sultane.
Le moment suivant, il voulut qu'elle le montrât à tout le monde.

le premier émir.
C'est ce que le député ajouta. « Allez, vieux fou, lui repartit le prince ; vous ne savez ce que vous dites. Cet enfant est menacé de n'être qu'un écervelé, et d'en avoir l'obligation à sa marraine. Il vaudrait encore mieux qu'il fût chez sa grand-mère. Je vous ordonne sur votre longue barbe, que je vous ferai couper jusqu'au vif, de le retenir la première fois que Coribella l'enverra chez nos vierges, qui achèveraient de le gâter. »

Cela dit, l'audience finit ; le député fut congédié et les enfants distribués en différents appartements du palais. Mais à peine Lively fut-elle instruite de leur arrivée et de l'absence de son fils, qu'elle en poussa des cris à tourner la tête à tous ceux qui l'approchaient. Il fallut du temps pour l'apaiser ; et l'on n'y réussit que par l'espérance qu'on lui donna qu'il reviendrait. Dès ce jour, le prince ajouta aux soins de l'empire et aux devoirs d'époux ceux de père.

Lorsqu'il sortait du conseil, la tête remplie des affaires d'état, il allait chercher de la dissipation chez Lively. Il paraissait à peine, qu'elle était dans ses bras. Sa conversation légère et badine l'amusait beaucoup. Son enjouement et ses caresses lui dérobaient des journées entières, et lui faisaient oublier l'univers. Il ne s'en séparait jamais qu'à regret. Il prenait auprès d'elle des dispositions à la bienfaisance ; et l'on peut dire qu'elle avait fait accorder un grand nombre de grâces, sans en avoir peut-être sollicité aucune. Pour Polychresta, c'était à ses yeux une femme très respectable, qui l'ennuyait souvent, et qu'il voyait, plus volontiers dans son conseil que dans ses petits appartements. Avait-il quelque affaire importante à terminer, il allait puiser chez elle les lumières, la sagesse, la force, qui lui manquaient. Elle prévoyait tout. Elle envisageait tous les sens d'une action ; et l'on convient qu'elle faisait autant au moins pour la gloire du prince, que Lively pour ses plaisirs. Elle ne cessa jamais d'aimer son époux, et de lui marquer sa tendresse par des attentions délicates.

Lively fut un peu soupçonnée d'infidélité ; elle exigeait de Génistan des complaisances excessives ; elle se livrait au plaisir avec emportement ; elle avait les passions violentes ; elle imaginait et prétendait que tout se prêtât à ses imaginations ; il fallait presque toujours la deviner. Elle disait un jour que les dieux auraient pu se dispenser de donner aux hommes les organes de la parole, s'ils avaient eu un peu de pénétration et beaucoup d'amour ; qu'on se serait compris à merveille sans mot dire, au lieu qu'on parle quelquefois des heures entières sans s'entendre ; qu'il n'y eût eu que le langage des actions, qui est rarement équivoque ; qu'on eût jugé du caractère par les procédés, et des procédés par le caractère ; de manière que personne n'eût raisonné mal à propos. Quand ses idées étaient justes, elles étaient admirables, parce qu'elles réunissaient au mérite de la justesse celui de la singularité. Sa pétulance ne l'empêchait pas d'apercevoir : elle n'était pas incapable de réflexion. Elle avait de la promptitude et du sens. L'opposition la plus légère la révoltait. Elle se conduisait précisément comme si tout eût été fait pour elle. Elle chicanait quelquefois le prince sur les moments qu'il accordait aux affaires, et ne pouvait lui passer ceux qu'il donnait à Polychresta. Elle lui demandait à quoi il s'occupait avec son insipide ; combien il avait bâillé de fois à ses côtés ; si elle lui répétait les mathématiques.

« Cette femme est de très bon conseil, lui répondait le prince ! et il serait à souhaiter, pour le bien de mes sujets, que je la visse plus souvent.

– Vous verrez, ajoutait Lively, que c'est par vénération pour ses qualités que vous lui faites des enfants régulièrement tous les neuf mois.

– Non, lui répliquait Génistan ; mais c'est pour la tranquillité de l'État. Vous ne conduisez rien à terme ; il faut bien que Polychresta répare vos fautes ou les miennes. »

À ces propos, Lively éclatait de rire, et se mettait à contrefaire Polychresta. Elle demandait à Génistan quel air elle avait quand on la caressait. « Ah ! prince, ajoutait-elle, ou je n'y entends rien, ou votre grave statue doit être une fort sotte jouissance.

– Encore un coup, lui répliquait le prince, je vous dis que je ne songe avec elle qu'au bien de l'État.

– Et avec moi, reprenait Lively, à quoi songez-vous ?…

– À vous-même et à mes plaisirs. »

À ces questions elle en ajoutait de plus embarrassantes. Le prince y satisfaisait de son mieux ; mais un moyen de s'en tirer, qui lui réussissait toujours, c'était de lui proposer de nouveaux plaisirs. On le prenait au mot ; et les querelles finissaient. Elle avait des talents qu'elle avait acquis presque sans étude. Elle apprenait avec une grande facilité ; mais elle ne retenait presque rien. Il faut avouer que si les femmes aimables sont rares, elles sont aussi bien difficiles à captiver. La légèreté était la seule chose qu'on pût reprocher à Lively. Le prince en devint jaloux, et la pria de fermer son appartement.

la sultane.
La gêner, c'était travailler sûrement à lui déplaire.

le premier émir.
Aussi ai-je lu, dans des mémoires secrets, qu'un frère très-aimable de Génistan négligeait les défenses de l'empereur, trompait la vigilance des eunuques, se glissait chez Lively, et se chargeait d'égayer sa retraite. Il

fallait qu'il en fût éperdument amoureux ; car il ne risquait rien moins que la vie dans ce commerce, qu'heureusement pour lui le prince ignora.

la sultane.
Tant qu'il fut aimé.

le premier émir.
Il est vrai que, quand elle ne s'en soucia plus…

la sultane.
C'est-à-dire, au bout d'un mois.

le premier émir.
Elle révéla tout au sultan.

la sultane.
Tout, émir, tout ! Vos mémoires sont infidèles. Soyez sûr que la confidence de Lively n'alla que jusqu'où les femmes la poussent ordinairement, et que Génistan devina le reste.

le premier émir.
Il entra dans une colère terrible contre son frère ; donna des ordres pour qu'il fût arrêté : mais son frère, prévenu, échappa au ressentiment de l'empereur par une prompte retraite.

la sultane.
Second émir, continuez.

le second émir.
Ce fut alors que le député ramena à la cour l'enfant que le prince avait eu de Lively, et qui avait passé ses premières années chez la fée sa marraine Coribella. C'était bien le plus méchant enfant qui eût jamais désespéré ses parents. Génistan son père ne s'était point trompé sur l'éducation

qu'il avait reçue. On n'épargna rien pour le corriger ; mais le pli était pris, et l'on n'en vint point à bout. Il avait à peine dix-huit ans, qu'il s'échappa de la cour de l'empereur, et se mit à parcourir les royaumes, laissant partout des traces de son extravagance. Il finit malheureusement. C'était la bravoure même. Au sortir d'un souper, où la débauche avait été poussée à l'excès, deux jeunes seigneurs se prirent de querelle. Il se mêla de leur différend, plus que ces écervelés ne le désiraient, se trouva dans la nécessité de se battre contre ceux entre lesquels il s'était constitué médiateur et reçut deux coups d'épée dont il mourut.

la sultane.
À vous, madame première.

la première femme.
De deux sœurs qu'il avait, l'une fut mariée au génie Rolcan, ce qui signifie dans la langue du pays, Fanfaron. Quant aux autres enfants issus du temple de la guenon couleur de feu, on eut beau leur couper les ailes, les plumes leur revinrent toujours. On n'a jamais rien vu, et on ne verra jamais rien de si joli. Les mâles se tournèrent tous du côté des arts, et remplirent le Japon d'hommes excellents en tout genre. Leurs neveux furent poëtes, peintres, musiciens, sculpteurs, architectes. Les filles étaient si aimables que leurs époux les prirent sans dot.

la sultane.
Alors on croyait apparemment qu'il fallait d'un côté une grande fortune pour compenser un grand mérite. Le temps en est bien loin. À vous, madame seconde.

la seconde femme.
Ce fut un des fils de Polychresta qui succéda à l'empire. Ses frères devinrent de grands orateurs, de profonds politiques, de savants géomètres, d'habiles astronomes, et suivirent, du consentement de leurs parents, leur goût naturel ; car les talents alors ne dégradaient point au Japon.

la sultane.
Continuez, madame seconde.

la seconde femme.
Divine fut l'autre fille de Lively. Génistan l'avait eue de cette aimable et singulière princesse, dans l'âge de maturité. Elle rassemblait tant de qualités, que les fées en devinrent jalouses. Elles ne purent souffrir qu'une mortelle les égalât. Elles lui envoyèrent les pâles couleurs, dont elle mourut avant qu'on eût trouvé quelqu'un digne d'être son médecin.

la sultane.
Continuez, premier émir.

le premier émir.
Il y eut aussi, dans la famille, des héros. L'histoire du Japon parle d'un dont la mémoire est encore en vénération, et dont on voit le portrait sur les tabatières, les écrans, les paravents, toutes les fois que la nation est mécontente du prince régnant : c'est ainsi qu'elle se permet de s'en plaindre. Il reconquit le trône usurpé sur ses ancêtres. La race ne tarda pas à s'éteindre ; tout dégénéra, et l'on sait à peine aujourd'hui eu quel temps Génistan et Polychresta ont régné. Il ne reste d'eux qu'une tradition contestée. On parle de leur âge, comme nous parlons de l'âge d'or. Il passe pour le temps des fables.

la sultane.
Je ne suis pas mécontente de votre conte ; je ne crois pas avoir eu depuis longtemps un sommeil aussi facile, aussi doux, aussi long. Je vous en suis infiniment obligée.

Elle ajouta un petit mot agréable pour sa chatouilleuse, et les renvoya.

En entrant chez elle, la première de ses femmes trouva une superbe cassolette du Japon.

La seconde, deux bracelets, sur l'un desquels étaient les portraits du sultan et de la sultane.

La chatouilleuse, plusieurs pièces d'étoffe d'un goût excellent.

Le lendemain matin, elle envoya au premier émir un cimeterre magnifique, avec un turban qu'elle avait travaillé de ses mains.

La récompense du second fut une esclave d'une rare beauté, sur laquelle la sultane avait remarqué que cet émir attachait souvent ses regards.